DER AUSGERISSENE VISCOUNT

DARCY BURKE

Übersetzt von
PETRA GORSCHBOTH

DER AUSGERISSENE VISCOUNT

Der Pfad der wahren Liebe verläuft niemals geradlinig. Manchmal ist eine Hausparty zur Ehestiftung vonnöten. Wenn Paare sich auf einer Hausparty kennenlernen, ereignen sich provokative Flirts, heimliche Rendezvous und Verliebtheit im Überfluss.

Vor zwei Jahren verbrachte die unabhängige Witwe Juliana Sheldon während eines Schneesturms eine glückliche Nacht mit dem Viscount Audlington in einem Gasthaus, und am nächsten Morgen verließ er sie ohne ein Wort. Juliana merkt nicht, wie sehr sein Weggang sie verstört hat, bis sie ihn auf einer Hausparty wiedersieht. Er würde ihre Affäre gerne wieder aufleben lassen, doch Juliana bevorzugt es, ihn stattdessen auf die Folter zu spannen. Bis sie schließlich der Versuchung erliegt – nur um mit Bestürzung zu reagieren, als er Anstalten macht, die Sprache auf die eine Sache zu lenken, die sie nicht will: die Ehe.

Lucas Trask, Erbe einer Grafschaft, hat seinem verwegenen Ruf abgeschworen, um sich endlich eine Frau zu nehmen. Er hat Juliana nie vergessen, und die Wiederbegegnung mit ihr scheint ihm wie ein Wink des Schicksals, der ihm zeigt, wen er heiraten soll. Doch Lucas hütet ein Geheimnis, und noch nie hat er es gewagt, es jemandem anzuvertrauen. Wenn er Juliana davon überzeugen kann, seine Frau zu werden, wird er ihr alles offenbaren. Doch als sich eine Tragödie ereignet, muss er erneut abreisen. Dieses Mal wird der ausgerissene Viscount vielleicht kein Glück mehr haben.

KAPITEL 1

Steeton, Yorkshire, Januar 1802

Die Frau des Gastwirts führte Juliana Sheldon in das *Pack Horse*. »Kommen Sie herein ins Warme, meine Liebe. Sie sind gerade rechtzeitig angekommen. Ich habe ein letztes Zimmer.« Sie lächelte einladend, wobei ihre rosigen Wagen und blauen Augen vor Heiterkeit strahlten.

Juliana atmete erleichtert auf. Dies war die dritte Herberge, bei der sie es in der letzten Stunde versucht hatte, seit der Schnee den Boden in einer immer dichter werdenden Schicht bedeckt hatte. Sie drehte den Kopf und nickte ihrem Kutscher zu, der sich beeilte, die Kutsche und die Pferde in den Stall zu schaffen.

»Vielen Dank«, meinte Juliana, als sie die Haube ihres Umhangs zurückschob und die feuchten Tropfen abschüttelte, die der Schnee auf dem Wollstoff gebildet hatte. An mehreren Tischen in der Gaststube waren die meisten Stühle besetzt. Ein knisterndes Feuer loderte in dem Kamin an der Rückseite des Raums.

»Ich freue mich so, dass Sie uns gefunden haben. Ich bin Mrs. Lilley. Im Augenblick geht es ein bisschen chaotisch zu, da ich bei der Vorbereitung des Dinners helfe.« Sie strich sich mit der Hand über ihre Schürze und schob sich dann eine vereinzelte Strähne ihres braunen Haars unter ihre Haube. »Ihr Raum ist oben auf der rechten Seite am Ende des Korridors. Sie können gern nach oben gehen, Ihren Umhang ablegen und sich aufwärmen. Das Dinner wird bald fertig sein.«

»Das werde ich tun, Mrs. Lilley.« Juliana begab sich zur Treppe in der Ecke und, ermüdet von ihrem langen Reisetag, stieg sie die Stufen in den ersten Stock hinauf. Sie hätte inzwischen daheim in Skipton sein sollen, aber die Mautstraße war unpassierbar geworden. Sie war froh, dass sie zumindest diese Unterkunft gefunden hatte.

Sie hätte auf ihre Mutter hören sollen, die ihr vorgeschlagen hatte, einen weiteren Tag oder zwei zu bleiben, da es nach Schnee ausgesehen hatte. Nach einem zweiwöchigen Besuch bei ihren Eltern war Juliana allerdings erpicht, in ihr kleines Cottage auf Foxland, dem Anwesen, wo sie mit ihrem Ehemann gelebt hatte, zurückzukehren. Als er vor drei Jahren gestorben war, hatte sein jüngerer Bruder das Anwesen geerbt, doch das Testament ihres Ehemanns hatte sie mit einer Rente ausgestattet und für einen Platz gesorgt, den sie Zuhause nennen konnte.

Obwohl es auf dem Korridor dämmrig war, fand Juliana die Tür zu ihrem Raum und öffnete sie. Zu ihrer Freude loderte ein Feuer im Kamin. Wie der Rest des Raumes war der Kamin klein, aber mehr als angemessen. Während sie sich aufwärmte, nahm sie das Bett, den kleinen Tisch und die beiden Stühle mit den zierlichen Beinen in Augenschein. Eine vielbenutzte, weich gepolsterte Bank stand beim

Kamin. Juliana hängte ihren feuchten Umhang an einen Haken bei der Tür und dann entledigte sie sich ihrer Handschuhe und der Haube. Sodann schob sie die Bank näher an den Kamin heran, damit sie sich daraufsetzen und sich ausruhen konnte, ehe sie zum Abendessen hinuntergehen würde.

»Ist da jemand?«

Eine männliche Stimme von der Tür veranlasste Juliana, den Kopf zu drehen. Ein großer, athletischer Gentleman stand im Rahmen. Die Tür stand halb offen.

»Habe ich die Tür so offen stehen lassen?«, fragte sie und dachte dabei, dass sie sie geschlossen hatte. Sie war sich keineswegs sicher, was sie vom Eindringen dieses Fremden halten sollte. Zugegebenermaßen war er ein sehr gut gekleideter und adretter Fremder, aber trotzdem war er ein Eindringling in ihrem Bereich.

»Nicht *ganz* so offen, aber sie war nicht geschlossen«, antwortete er. »Ich hatte nur gedacht, mich freundlich zu zeigen.«

»Es scheint, als zeigten Sie sich aufdringlich. Soll ich meinen Ehemann über Ihre Dreistigkeit informieren?«

»Ähm, nein. Ich hatte nicht stören wollen. Wie gesagt, wollte ich nur freundlich sein. Wo ist Ihr Ehemann? Ich sollte mich vielleicht entschuldigen.«

Sie sah ihn aus schmalen Augen an. »Sie sollten sich bei *mir* entschuldigen.«

»Sie haben recht. Ich entschuldige mich in aller Form.«

Juliana fragte sich, ob sie etwas barsch war. Sie war erschöpft und hungrig und sie fing gerade erst an, die Wärme in ihren Gliedmaßen zu spüren. »Das ist schon in Ordnung. Ich bin nach der langen Reise ein wenig gereizt und dies ist das dritte Gasthaus, bei dem ich anfragen musste, bevor ich einen Raum gefunden hatte.«

»Das ist ja furchtbar. Es tut mir leid, von Ihren Schwierigkeiten zu hören.« Er lächelte und sein Blick schoss durch den Raum. »Dann werde ich Sie sich selbst überlassen.« Er machte Anstalten, sich umzudrehen und die Tür hinter sich zuzuziehen.

»Warten Sie. Ich habe keinen Ehemann. Ich habe Sie nicht anblaffen wollen. Normalerweise bin ich nicht so.«

»Das ist verständlich, wenn Sie müde sind und Ihnen kalt ist. Und vielleicht sind Sie auch hungrig.«

»Ich sterbe vor Hunger.«

»Wenn Sie allein sind, wäre ich hocherfreut, Sie nach unten zu begleiten.«

Juliana stand auf und fuhr sich mit den Händen über ihre Röcke. Ihr dicker Unterrock schmiegte sich um ihre Beine. Ja, ihr war wärmer und sie fühlte sich insgesamt besser. »Danke.«

Als sie auf die Tür zuging, erkannte sie, dass er sehr attraktiv war. Seine elegant geformten Züge besaßen einen schelmischen Charme. Das lag vielleicht an dem leichten Lächeln, das seine vollen Lippen umspielte. Seine Brauen waren dicht und von einem Mittelbraun, das eine Schattierung dunkler als sein Haar war. Bemerkte er, dass sie ihn musterte?

Er stieß die Tür ein Stück weiter auf und hielt sie für sie, während sie in den Korridor trat.

Mit einem Blick zu ihm zurück meinte sie: »Tragen Sie Sorge dafür, dass sie gut verschlossen ist, da ich offenbar schlechte Arbeit geleistet hatte.«

Er zog die Tür fest zu und runzelte leicht die Stirn. »Sie fällt nicht so leicht ins Schloss. Ich denke, es war nicht Ihr Fehler. Und es *tut* mir leid, dass ich in Ihren Bereich eingedrungen bin.«

Juliana verabscheute, dass sie überhaupt etwas gesagt hatte. Sie besaß die Angewohnheit, immer zu sprechen, ohne sich Gedanken darüber zu machen, wie das vielleicht dabei herauskam, und das insbesondere, wenn ihr Bereich betroffen war. Sie schätzte ihre Privatsphäre und Unabhängigkeit sehr hoch und es waren diese beiden Dinge, die ihr Schwager offenbar nicht respektieren konnte. Er besuchte ihr Cottage ohne Ankündigung und manchmal kam er herein, nachdem er nur kurz angeklopft hatte, was ihren Zorn anstachelte.

»So, nun ist die Tür ordentlich geschlossen«, meinte er. »Sollen wir gehen?«

»Danke. Ich bin Mrs. Sheldon.«

»Ich dachte, Sie hätten gesagt, Sie hätten keinen Ehemann.«

»Er ist vor drei Jahren gestorben.« Sie schüttelte den Kopf. »Hatten Sie geglaubt, ich würde als unverheiratete junge Lady allein reisen?« Nicht, dass sie jung war. Sie war neunundzwanzig.

»Das ist ein guter Einwand. Ich fürchte, ich war viel zu sehr auf Ihren Ehestand fixiert als auf die Schicklichkeit.« Er lachte. »Das ist eine schlechte Gewohnheit, wenn ich eine attraktive Frau treffe.«

Bei seinem Kompliment beschleunigte sich ihr Puls. »Sind Sie dann ein Schürzenjäger?« Sie hatte von Männern wie ihm gehört und sie hatte den Verdacht, dass sie einen oder zwei kennengelernt hatte, doch ihre Erfahrung war beschränkt.

Wieder lachte er. »Das würden einige behaupten, obwohl ich es vorziehe, mich nicht auf diese Weise zu charakterisieren.«

»Und doch versuchen Sie, wenn Sie eine Frau kennenlernen, sofort herauszufinden, ob …« Sie verstummte, als ihr aufging, dass sie überhaupt nicht sicher war, was er tat. »Hatten Sie gehofft, dass ich verheiratet bin oder nicht?« Vielleicht zog er es vor, Frauen zu umwerben, die zu heiraten er nicht gezwungen war. Das passte zu dem, was sie über forsches Benehmen wusste.

Er zog eine kleine Grimasse. »Jetzt haben Sie mich in die Enge getrieben. Unverheiratete junge Frauen sind problematisch, da ich noch nicht nach einer Frau Ausschau halte.«

»Also würden Sie es vorziehen, dass ich verheiratet bin.« Sie runzelte die Stirn. »Oder Witwe.«

»Wie gesagt, haben Sie mich ordentlich in die Enge getrieben. Nun, ich kann meine draufgängerischen Neigungen nicht leugnen, denn ich muss zugeben, dass ich es genieße, attraktive Witwen kennenzulernen, insbesondere so weit von London entfernt, wo sich ein Mindestmaß an Diskretion finden lässt.«

Juliana konnte nicht anders als zu lächeln. »Sie sind zumindest aufrichtig. Jetzt weiß ich, worauf Sie aus sind und warum Sie in mein Zimmer eingedrungen sind.«

Er hielt die Hand hoch und ein gewisses Unbehagen huschte über seine Züge. »Das war *nicht* meine Absicht. Das versichere ich Ihnen. Ich habe wirklich nur versucht, nett zu sein.« Er fuhr sich mit den Händen durchs Haar und verwuschelte sie auf eine durch und durch draufgängerische Weise. Zumindest stellte sie sich vor, dass ein Draufgänger dies tun würde.

»Ich verstehe«, murmelte sie und amüsierte sich über sein Unbehagen.

»Lassen Sie mich von vorn beginnen.« Er streckte eines seiner eleganten Beine vor und vollzog eine extravagante Verbeugung. »Gestatten Sie, dass ich mich vorstelle. Ich bin Lucas Trask, Viscount Audlington.«

Ein Viscount! Sie hatte schon einmal einen Earl und einen Baron kennengelernt. Der Earl of Cosford war ein Freund ihres verstorbenen Ehemannes gewesen und er war Erbe eines Herzogtums. Vincent und er waren zusammen zur Schule gegangen.

Juliana hatte Blickton, Cosfords Besitz, bei einer Handvoll von Gelegenheiten während ihrer Ehezeit besucht. Lady Cosford war sehr freundlich und sie hatte Juliana einige Male nach Vincents Tod eingeladen, sie zu besuchen, doch die Terminierung hatte sich nicht vereinbaren lassen.

Und der Baron lebte in der Nähe von Skipton. Er war neunzig und besaß einen herrlichen Sinn für Humor. Juliana mochte ihn sehr.

Sie knickste. »Ich bin erfreut, Ihre Bekanntschaft zu machen. Ich bin Mrs. Juliana Sheldon.«

»Es ist mir ein Vergnügen.« Er bot ihr seinen Arm. »Darf ich Sie zum Dinner begleiten?«

»Gewiss.« Sie legte die Hand auf seinen Ärmel und er führte sie die Treppe hinunter. »Wohin sind Sie unterwegs?«

»Northwich – meinem Familiensitz südwestlich von Manchester. Und Sie?«

»Ich bin auf dem Heimweg nach Skipton, nachdem ich meine Eltern über die Weihnachtszeit in Leeds besucht habe.«

Er sah zu ihr hinüber als sie die Gaststube erreichten. »Sie freuen sich darauf, nach Hause zu kommen?«

Sie nahm ihre Hand von seinem Arm und drehte sich zu ihm, um ihn anzuschauen. »Wie haben Sie das gewusst?«

»Erst gestern war der Dreikönigstag und ich hätte angenommen, dass das Wetter Sie davon abgehalten hätte, heute zu reisen. Doch das hat es nicht.« Er zog eine Schulter hoch. »Folglich nehme ich an, dass Sie nach Hause zurückkehren wollen.«

»Das ist eine ausgezeichnete Schlussfolgerung. Ja, ich liebe mein Haus und mein Pferd.«

»Und Ihre Eltern ... weniger?«

»Ich bete sie wirklich an, aber drei Wochen mit ihnen sind wirklich genug.«

Er lächelte. »Ich fühle genau das Gleiche bei meinen

Eltern. Sie sind wunderbare Menschen, aber da ich jetzt einunddreißig und unverheiratet bin, haben sie eine beinahe ständige Erwartung an mich. Das kann ermüden, obwohl ich weiß, dass sie es nur gut meinen.«

Juliana nickte zustimmend. »Davon kann ich auch ein Lied singen. Insbesondere meine Mutter hofft, dass ich wieder heirate, obwohl ich ihr immer sage, dass ich derzeit recht glücklich bin. Aber Sie haben recht. Sie meinen es gut.«

Er warf ihr einen verständigen Blick zu. »Dieses Jahr habe ich Weihnachten bei Verwandten verbracht und nun werde ich meine Eltern besuchen, ehe ich zur Saison nach London weiterfahre.«

Natürlich würde er die Saison in London verbringen. Er war schließlich ein Viscount und ein Schürzenjäger. Wenn er Viscount wäre und noch einen Vater hätte, würde das bedeuten, dass er Anwärter auf einen noch größeren Titel wäre, worum es sich wahrscheinlich um den eines Earls handeln würde. Juliana führte ein komfortables Leben und konnte sich so einen gehobenen Lebensstand nicht vorstellen.

»Warten in London große Verpflichtungen auf Sie?«, fragte sie.

»Nun, ich würde nicht sagen, dass sie *groß* sind.« Er blickte sich in der Gaststube um, die sehr voll war und vor Stimmengewirr summte. »Das Gasthaus ist voll, wie es scheint.«

»Ja, ich habe das letzte freie Zimmer ergattert. Vermutlich sollten wir uns einen Tisch finden.« Sie war im Begriff, sich umzudrehen, doch dann hielt sie inne, um ihn noch einmal anzuschauen. »Ich sollte nicht annehmen, dass Sie zusammensitzen wollen.«

»Das würde mir sehr gefallen. Andererseits würden wir beide allein dinieren, nicht wahr? Tatsächlich wage ich zu behaupten, dass es bei einer derartigen Fülle in der Gaststube notwendig ist, unser Dinner zusammen einzunehmen.

Wie es der Zufall will, würde ich unsere Unterhaltung liebend gern fortsetzen.«

Würde er das? Sie unterdrückte ein Lächeln. Nachdem sie nun drei Jahre allein verbracht hatte – nun, nicht ganz allein, denn sie hatte einen wundervollen Freundeskreis in Skipton –, musste sie zugeben, dass es sehr angenehm war, sich mit einem Gentleman zu unterhalten. Einem attraktiven Viscount obendrein.

»Sollen wir uns dorthin setzen?« Sie zeigte auf einen leeren Tisch, der in der Nähe des Kamins platziert war.

»Ausgezeichnet.«

Als sie sich umdrehte, streifte er mit der Hand über ihren unteren Rücken. Es war eine kaum wahrnehmbare Bewegung, doch ihr stockte der Atem, als ein Kribbeln sie erfasste. Seit mehr als drei Jahren war sie nicht mehr von einem Mann berührt worden.

Er hielt ihren Stuhl, als sie sich setzte, und sie war nicht länger von dem anstrengenden Tag verstimmt oder der Tatsache, dass ihre Rückreise sich verzögerte. Sie konnte sich weitaus Schlimmeres vorstellen, als mit einem charmanten Viscount in einem Gasthaus gestrandet zu sein.

Eine Schankmagd brachte ein Tablett und erkundigte sich, ob sie Wein oder Ale bevorzugten. Beide wählten sie Wein. »Das Dinner wird in Kürze serviert werden.« Geschäftig lief sie davon, denn mit so vielen Gästen hatte sie offensichtlich viel zu tun.

Juliana faltet die Hände im Schoß. »Was tun Sie in London, Mylord?«

»Die üblichen Dinge, die man während einer Saison tut.«

»Und was für Dinge sind das?«

»Sie hatten nie eine Saison?« Er hielt die Hand hoch. »Das ist schrecklich vermessen von mir. Nicht alle haben eine Saison.«

Sie war für seine verspätete Selbsterkenntnis dankbar.

»Zählen sie mich zu denjenigen, die keine hatten. Ich bin in Leeds aufgewachsen. Mein Vater ist Buchhändler.«

»Wieder entschuldige ich mich. Es ist nur so, dass Sie aussehen, als hätten Sie London im Sturm erobern können.« Respekt glomm in seinen Augen auf. »Ganz bestimmt sind Sie selbstbewusst genug, um großen Erfolg gehabt zu haben.«

Juliana lachte leise. »Sie haben mich gerade erst kennengelernt.«

»Sie hatten keine Bedenken, mich für mein aufdringliches Benehmen zurechtzuweisen. Sie sind nicht affektiert, und ich möchte wetten, dass Sie das auch noch nie waren. Da ihr Vater Buchhändler ist, sind Sie vermutlich sehr belesen und überaus intelligent.«

Sie konnte nicht anders, als sich bei seiner Sichtweise von ihr geschmeichelt zu fühlen. »Sie sind aufmerksamer als die meisten Menschen.«

»Das versuche ich. Ich finde Menschen interessant. *Das* tue ich in London – ich beobachte Menschen und ich hoffe, dabei zu lernen.«

»Was lernen Sie?«

»Meistenteils, wem ich auszuweichen habe.« Grinsend schüttelte er mit dem Kopf. »Einige Mitglieder der Londoner Gesellschaft können sehr brutal sein.«

»In welcher Weise?«

»Meistens sind sie selbstsüchtig. Sie versuchen, immer höher zu klettern. Sie versuchen, ihre Taschen noch mehr zu füllen oder ihren Status zu verbessern.«

»Ich kann mir vorstellen, dass Sie ein Ziel für Frauen sind, die eine exzellente Verbindung für ihre Töchter suchen. Vermutlich ist Ihr Vater ein Earl oder Ähnliches?«

»Er ist der Earl of Northwich. Und ja, ich habe das letzte Jahrzehnt damit verbracht, heiratswütige Mütter und ihre Töchter abzuwehren.«

»Ein Jahrzehnt. Das muss eine Menge Erfahrung gekostet haben.« Sie legte den Kopf schief. »Aber ich dachte, Sie seien ein Schürzenjäger. Sicher wollen sie ihre Töchter nicht mit jemandem von solch einem Ruf verheiraten.«

»Bei dem Titel, den ich anzubieten habe, würden Sie überrascht sein«, meinte er sardonisch. »Was darüber hinaus den Schürzenjäger anbelangt, gibt es andere, die viel schlimmer sind – ich verbringe meine Nächte nicht in Bordellen oder Spielhöllen.« Eilig fügte er noch hinzu: »Verzeihen Sie, dass ich so etwas in Ihrer Gegenwart zur Sprache bringe. Ich fühle mich mit Ihnen viel zu wohl, Mrs. Sheldon.«

»Bitte hören Sie nicht auf. Ich bin nur einmal in London gewesen – für eine Woche, nachdem ich Vincent geheiratet hatte. Ich war jung und begierig, die Paternoster Road zu besichtigen.«

»Die Straße der Buchhändler. Natürlich waren Sie das. Haben Sie so Ihre Zeit verbracht?«

»Nicht sehr viel davon. Leider. Vincent war weit mehr geneigt, die Museen zu besichtigen, was ich genossen habe.«

»Wie stand es mit dem abendlichen Unterhaltungsprogramm? Haben Sie vielleicht das Theater oder einen Vergnügungspark besucht?«

»Nein, Vincent wollte kein zusätzliches Geld ausgeben. Ich hatte gehofft, dass wir vielleicht Vauxhall besuchten.« Sie zuckte mit den Schultern. »Trotzdem war es eine schöne Reise.«

»In der letzten Dekade hat sich viel verändert. Sie sollten London wieder besuchen. Wenn Sie während der Saison kommen, schicken Sie mir bitte Nachricht und ich würde Sie in der Stadt herumführen.«

»Würde das nicht zur Folge haben, dass geklatscht wird? Die unbekannte Witwe aus Yorkshire und der draufgängerische Viscount?«

»Also, nun wäre ich sehr enttäuscht, wenn Sie nicht kommen würden.« Er presste die Lippen zu einem Schmollmund zusammen, der ihre Aufmerksamkeit auf seinen Mund lenkte. »Ich werde dafür sorgen, dass sie Sie die Mysteriöse nennen.«

Juliana lachte. »Haben Sie so viel Macht?«

»Wahrscheinlich nicht, aber ich kenne eine erstaunliche Anzahl von Menschen und ich *denke*, dass die meisten davon mich mögen. Wenn ich ihnen sage, dass Sie mysteriös sind, werden sie das wahrscheinlich wiederholen.«

»Also gut. Ich bin die Mysteriöse Witwe und Sie sind der Draufgängerische Viscount. Das klingt, als ob jemand Romane über uns schreiben sollte.«

»Sie sind die Expertin auf dem Gebiet der Bücher. Haben Sie darüber nachgedacht, eines zu schreiben?«

»Ach nein. Das könnte ich nicht. Ich würde nicht einmal wissen, wie ich anfangen sollte.«

»Wie wäre es mit: ›Es war einmal …‹?«

Die Schankmagd kehrte mit ihrem Wein zurück und stellte die Gläser ohne ein Wort auf den Tisch.

»Wie originell von Ihnen«, konterte Juliana. Sie nahm ihr Glas und trank einen Schluck. »Ich könnte es mit etwas Aufregenderem versuchen, wie beispielsweise ›Vor langer Zeit, in den Tagen, bevor Geschichten niedergeschrieben wurden …‹«

Ihre Blicke trafen sich. »Nun ich bin vollkommen fasziniert. Ich denke, Sie müssen eine Geschichte niederschreiben.«

Ein kalter Luftzug erfüllte die Gaststube, als die Tür aufging. »Tretet ein«, sagte eine Frau zu drei Kindern, während sie ein viertes auf dem Arm hielt. Als die Kinderschar eingetreten war, schloss die Frau die Tür hinter sich.

Mrs. Lilley ging ihnen entgegen und wischte sich dabei

die Hände an der Schürze ab. Juliana und der Viscount saßen nahe genug, um zu hören, was sie sagte.

»Es tut mir so leid, aber ich habe keine Zimmer mehr«, brachte Mrs. Lilley hervor, deren Stirn sich furchte, als ihr Blick auf die Kinder fiel.

Die arme Frau, deren Gesicht von Kälte gerötet war, wirkte vollkommen niedergeschlagen. »Ich glaube, wir haben es in jedem Gasthaus versucht. Mein Ehemann bringt gerade unseren Karren in den Stall. Der Knecht sagte, es sei Platz dafür und auch für die Pferde.«

»Ja, wir haben mehr Platz in den Ställen.« Mrs. Lilley zog eine Grimasse, als sie zur Treppe sah. »Ein Dinner und ein Platz am Feuer für die Nacht, ist das Beste, was ich Ihnen anbieten kann. Und einige Decken.«

Plötzlich erhob Lord Audlington sich. Er trat zu Mrs. Lilley. »In meinem Raum könnte diese Familie bestimmt unterkommen. Er hat ein großes Bett und reichlich Platz auf dem Fußboden, um noch mehr einzurichten.«

Mrs. Lilley machte große Augen. »Aber wo werden Sie schlafen, Mylord?«

»Ich kann mich hier unten einrichten. Ich bestehe darauf.«

Die Mutter schniefte. »Vielen Dank, Mylord.«

»Das ist das Mindeste, was ich tun kann.« Er ging auf den Tisch zu, der dem Feuer am nächsten stand und lächelte die dort sitzenden Gäste auf eine Weise an, die Julianas Meinung nach jeden bezaubern musste, dem er begegnete. »Ich bin sicher, dass es Ihnen nichts ausmacht, sich anderswo hinzusetzen, damit diese Familie sich nach ihrer Reise aufwärmen kann.«

»Überhaupt nicht«, antwortete der Mann. Das Paar setzte sich an einen anderen Tisch.

Audlington führte die frierende Frau und die Kinder an

den Tisch beim Feuer. »Das Dinner wird bald serviert. Und dann bringen wir Sie nach oben in Ihr Zimmer.«

Die Schankmagd stellte die Teller mit den Speisen auf den Tisch und Juliana schreckte auf. Sie war so auf den Viscount konzentriert gewesen, dass ihr vollkommen entgangen war, wie die Frau sich angenähert hatte. Der köstliche Duft des Eintopfs stieg Juliana in die Nase und ihr Magen rumorte. »Danke.«

Als sie wieder zum Viscount zurückblickte, sah sie, dass er zu Mrs. Lilley zurückgekehrt war. Jetzt kehrte er an ihren Tisch zurück. »Ach, das Abendessen«, meinte er heiter und nonchalant, als ob er sich nicht gerade auf heldenhafte Weise aufgeführt hätte. »Es riecht köstlich.«

»Das war ungemein nett von Ihnen«, meinte Juliana.

Er nahm eine dicke Scheibe Brot, die er mit Butter bestrich. »Jeder hätte das getan.«

»Es hat aber kein anderer getan. Nicht einmal ich.« Sie blickte auf ihren Teller hinab. »Vielleicht sollten wir ihnen unser Essen geben.«

»Ich glaube, sie sind im Augenblick damit beschäftigt, sich aufzuwärmen«, meinte er, nachdem er zu ihrem Tisch hinübergesehen hatte. »Und ich bin sicher, dass ihr Dinner unverzüglich serviert werden wird. Machen Sie sich keine Sorgen, weil Sie ihnen Ihren Raum nicht angeboten haben. Um ehrlich zu sein, ist er ziemlich klein. In meinem Zimmer sind sie weit besser untergebracht. Es hat ein großes Himmelbett, das für die Mutter und zwei der Kinder, sowie für den Vater Platz bietet. Zusätzlich gibt es noch ein kleines Bett für eine Magd oder einen Diener. Zwei Kinder können es sich problemlos teilen. Wenn ich jetzt noch einmal darüber nachdenke, ist es unwahrscheinlich, dass sie noch zusätzliche Betten auf dem Fußboden machen müssen.« Er nahm einen Bissen von seinem Brot.

»Sie sind sich gar nicht bewusst, wie wunderbar Sie sich

benommen haben.« Es ging nicht nur um die Überlassung seines Zimmers, sondern auch darum, dass er dafür gesorgt hatte, dass sie es am Feuer warm haben würden. Sie erinnerte sich daran, dass er zurückgegangen war, um mit Mrs. Lilley zu sprechen. »Sie zahlen für ihre Unterkunft, nicht wahr?«

Er zuckte nur mit den Schultern, während er seinen Eintopf löffelte. Er war ganz und gar nicht so, wie sie es von einem draufgängerischen Viscount erwartet hatte.

»Wo werden Sie schlafen?«, erkundigte sie sich.

»Mrs. Lilley wird mir ein paar Decken überlassen, und ich werde mir hier auf dem Boden ein Lager daraus machen.«

»Glauben Sie wirklich, Sie können hier unten schlafen?» Es war eine rhetorische Frage. »Schlafen Sie stattdessen auf dem Fußboden in meinem Zimmer. Es ist zwar klein, aber so haben Sie wenigstens ein bisschen Privatsphäre.«

»Nicht vor Ihnen.« Er wackelte mit den Augenbrauen, und sie konnte sich ein Lächeln nicht verkneifen.

»Wenn wir uns den Rücken zuwenden, während wir uns auf das Zubettgehen vorbereiten, wird es schon in Ordnung sein.«

Er nahm seinen Löffel in die Hand. »Ich bin mir nicht sicher, was Sie mit ›in Ordnung‹ meinen, aber ich versichere Ihnen, wenn wir denselben Raum bewohnen, wird alles mehr als seine Ordnung haben. Und ob Sie mir nun den Rücken zudrehen, während Sie sich entkleiden oder nicht, werde ich mir Ihrer Anwesenheit und der Tatsache, dass ich Sie mehr als nur vorübergehend attraktiv finde, stets sehr bewusst sein.« Sein Blick war während des Sprechens auf sie gerichtet, und jetzt schien das Grau wie Silber zu glitzern. »*Sehr* viel mehr.«

Juliana verlagerte ihr Gewicht auf dem Stuhl, als eine Hitze, die sie schon lange nicht mehr gespürt hatte, jeden noch so kleinen Teil von ihr durchdrang. Es sah so aus, als würde sie zumindest die nächsten beiden Nächte – selbst wenn es in diesem Augenblick aufhören würde, zu schneien, wären die Straßen morgen keinesfalls befahrbar – mit einem flirtenden, draufgängerischen und durch und durch reizvollen Viscount verbringen.

»Heißt das, Sie nehmen meine Einladung an?« Ihre Stimme hatte etwas raues, als ob sie Spinnweben eingeatmet hätte.

Er verzog die Lippen zu einem verführerischen Lächeln. »Wie könnte ich Ihrer großzügigen Gastfreundschaft widerstehen?«

Der nächste Hitzeschub erfasste sie. Das könnte gefährlich werden. Sie hob ihr Weinglas, führte es an ihre Lippen und sprach über den Rand hinweg. »Was für eine abwechslungsreiche Reise dies doch noch geworden ist.«

»Das hoffe ich ganz bestimmt.« In seiner Stimme lang ein Knistern von Vorfreude.

Auf welchen skandalösen Schabernack hatte sich Juliana nur eingelassen?

～

*L*ucas beobachtete, wie der Schein des Feuers tanzende Schatten an die Decke warf. Sein behelfsmäßiges Bett aus Decken und ein paar Kissen auf dem Boden war nicht besonders komfortabel, doch in der Nähe des Feuers war ihm wenigstens warm. Er drehte den Kopf und schaute zum Bett, dessen Kopfteil an der gegenüberliegenden Wand stand. Dabei fragte er sich, ob Mrs. Sheldon das Gleiche behaupten konnte. Hoffentlich hatte sie es bequem *und* ihr war warm.

Während der gesamten Zeit des Dinners hatten sie geflirtet und dann Backgammon gespielt, bis die Müdigkeit sie übermannte. Sie hatte mehr gegähnt, als Figuren zu bewegen und er hatte darauf bestanden, dass sie sich zurückzog. Sie schien ihm dankbar dafür zu sein und wünschte ihm eine gute Nacht.

Danach war er noch eine Stunde geblieben, sodass sie genug Zeit hatte, ihre Toilette zu erledigen und sich zu Bett zu begeben, ohne sich von ihm belästigt zu fühlen. Mrs. Lilley hatte ihm angeboten, ein Sofa aus ihrem Wohnbereich in den Gemeinschaftsraum zu stellen, damit er darauf schlafen konnte, doch er hatte das Angebot abgelehnt. Bislang war ihm noch kein Sofa untergekommen, auf dem er mit seiner langen Statur hätte schlafen können. Stattdessen hatte sie ihn mit mehreren Decken und Kissen versorgt, die er zusammen mit den Sachen aus seinem ehemaligen Zimmer nach oben in sein neues Zimmer gebracht hatte, nachdem Mrs. Lilley zu Bett gegangen war.

Sobald er das Bett vor dem Kamin hergerichtet hatte, zog er sich bis auf das Hemd und seine Unterwäsche aus, ehe er sich hinlegte. Bislang hatte er noch keinen Schlaf gefunden.

Er blickte wieder zum Bett und fragte sich, ob Mrs. Sheldon mehr Glück beschieden war. Davon musste er ausgehen. Sie schien müder gewesen zu sein als er, und ihr Atem war tief und gleichmäßig, falls dies etwas zu bedeuten hatte. Er konnte sie unter der Bettdecke kaum ausmachen. War ihr warm genug?

Er schob seine Decke beiseite, stand auf und schürte das Feuer. Jetzt würde ihm zu heiß werden, aber das war ein geringer Preis, wenn sie es dafür angenehm hatte. Zufrieden damit, dass er für mehr Wärme gesorgt hatte, schob er sein Lager ein Stück vom Kamin weg.

Das brachte ihn dichter an ihr Bett. Er konnte nicht widerstehen, einen Schritt darauf zuzugehen.

Mrs. Sheldon setzte sich auf und er tat einen erschrockenen Satz zurück.

»Danke.« Ihr schwarzes Haar hing ihr in einem dicken Zopf über die Schulter und die Spitzen liebkosten ihre Brüste. Es lag eine Lebendigkeit in der dunklen, satten Farbe, die er faszinierend fand. Er sehnte sich danach, mit seinen Fingern über ihre Locken zu streicheln, um ihre Textur zu spüren und er wollte sich dicht an sie lehnen und ihren Duft einatmen.

Er riss den Blick von ihr los, ehe er sie noch wie ein sehnsüchtiger Verehrer ansah. »Wofür?«

»Das Feuer. Mir war kalt.«

»Ich dachte, Sie würden schlafen.«

»Nicht wirklich. Mir ist nicht richtig warm geworden. Normalerweise habe ich eine

Wärmflasche, aber ich wollte nicht darum bitten. Mrs. Lilley war furchtbar beschäftigt.«

»Hätten Sie gern eine meiner Decken?« Er ging auf seine Pritsche zu.

»Nein danke. Das könnte ich nicht annehmen. Es ist schlimm genug, dass Sie auf dem Boden schlafen. Ich könnte keine Ihrer Decken annehmen.«

Wieder schaute er sie an und war froh für die Schatten, die über sie fielen. »Sie sind bereits freundlich genug gewesen, mich einzuladen, hier zu schlafen, anstatt in der Gaststube.«

»Und ich werde das nicht ruinieren, indem ich Ihnen das bisschen raube, dass Ihnen an Komfort vergönnt ist.«

»Es ist wirklich in Ordnung. Mein Bett ist sehr bequem. Ich habe es tatsächlich ein Stück vom Feuer weggeschoben.«

»Vielleicht sollten wir die Plätze tauschen. Sie schlafen hier und ich nehme die Pritsche.«

»Unter keinen Umständen.« Er schüttelte den Kopf. »Dieses Bett ist wahrscheinlich einhundert Mal bequemer als die Pritsche, selbst wenn es weiter vom Kamin entfernt steht.«

»Aber Sie haben gesagt, Ihr Bett sei bequem.« Sie klang zweifelnd.

»Es ist warm. Es ist mehr als angemessen.« Er nahm die Decke, mit der er sich zugedeckt hatte und trug sie zum Bett. »Hier, sie ist warm vom Feuer. Ich werde sie gegen eine von Ihren Decken eintauschen. Würden Sie sich zumindest damit einverstanden erklären?« Er legte die Decke über sie, um seinen Worten Nachdruck zu verleihen.

Sie stieß einen kleinen Seufzer des Wohlbehagens aus, der jeden Teil seines Körpers in einen angespannten Zustand der Wahrnehmung versetzte. »Das ist wundervoll. Danke.« Sie zog eine Decke vom Bett und warf sie ihm zu. Er fing sie auf, als sie die Decke, die er ihr gerade auf das Bett gelegt hatte, so zurechtrückte, dass diese wahrscheinlich direkt über ihr lag.

Die Decke, die sie ihm gegeben hatte, war ebenfalls warm. Sie duftete auch nach ihr – es haftete ein schwacher blumig-würziger Duft daran. Er zweifelte nicht einen Augenblick, dass er den besseren Handel gemacht hatte.

»Sie sollten einfach bei mir schlafen«, meinte sie.

Er erstarrte. »Was haben Sie gesagt?«

»Wenn wir zusammen schlafen, ist uns beiden warm. Das war das Einzige, das ich daran vermisst habe, mit meinem Ehemann zu schlafen – er hat schrecklich geschnarcht. Tatsächlich bin ich ein Jahr nach unserer Hochzeit in mein eigenes Zimmer umgezogen.«

»Es tut mir leid, das zu hören. Dass er geschnarcht hat, meine ich.« Lucas glaubte nicht, dass er schnarchte. Keine seiner Bettgenossinnen hatte sich je in irgendeiner Weise beschwert.

»Das war allerdings nicht das Enttäuschendste. Er war auch weniger am … Bettsport interessiert.«

Oh, verdammt. Musste sie das erwähnen? Sein Verstand hatte bereits genug zu tun, sie sich nicht bei jeder erdenklichen Art explizit sinnlicher Aktivitäten vorzustellen, die allesamt ihren Anfang darin nahmen, dass er zu ihr in dieses Bett schlüpfte.

Er zog es in Erwägung, nicht wahr?

Natürlich tat er das. Er war kein Narr. Er war ein warmblütiger Mann mit einem gesunden Appetit auf Sex. Außerdem fand er sowohl ihren Körper als auch ihren Verstand unwiderstehlich attraktiv. Sie war eine faszinierende Gesprächspartnerin – geistreich und humorvoll – und er stellte fest, dass er mehr Zeit in ihrer Gesellschaft verbringen wollte … selbst wenn sie nur Backgammon miteinander spielten. Vielleicht lag es daran, dass sie ihn nicht wie einen Preis behandelte, den es zu gewinnen galt. Die meisten Frauen versuchten entweder, ihn in ihr Bett zu locken oder zu einer Heirat zur verleiten.

»Das ist befremdlich«, war alles, was er daraufhin hervorbrachte.

Sie schlug die Bettdecke zurück. »Dann kommen Sie. Wir schlafen einfach.«

Hatte sie über mehr als das nachgedacht? Er konnte sich nicht überwinden, sie zu fragen. Eine Antwort würde ihn enttäuschen und die andere würde seine Erregung zu neuen Höhen treiben. Wie es aussah, war sein Schaft schon mehr als bereit. Er sah an sich herab und erkannte, dass sein Hemd aufgrund seiner Erektion eine merkwürdige Form angenommen hatte. Sicherlich würde sie das ebenfalls bemerken, wenn das nicht schon geschehen war.

»Ich verspreche, meine Hände bei mir zu behalten.« Ganz egal, wie schwer es werden würde.

»Nun, wenn wir einander Wärme spenden wollen, wäre es besser, wenn wir uns berühren. Wenn Sie sich auf die Unschicklichkeit beziehen, mich zu berühren, verstehe ich das und weiß es zu schätzen. Nun kommen Sie, denn mir wird schon wieder kalt.«

Gegen sein besseres Urteilsvermögen schlüpfte er unter die Bettdecke und zog sie hoch. Sie kuschelte sich unter die Decke und bewegte sich auf ihn zu.

»Wäre dies unschicklich?«, fragte sie und ihre Beine streifen die seinen. »Wenn wir uns berühren, meine ich. Es ist ja nicht so, als ob Sie mich ruinieren könnten. Ich bin eine unabhängige Witwe. Wenn ich einen Liebesakt mit Ihnen in diesem Bett vollziehen wollte, wer könnte sagen, es sei nicht vollkommen schicklich?« Sie klang fast, als ob sie mit sich selbst sprach und sich dabei dafür aussprach, ihn zu verführen.

Beinahe hätte er gelacht – denn es bestand keine Notwenigkeit, ihn zu verführen. Mit Freuden würde er sie schneller vögeln als sie »Berühre mich, bitte« sagen konnte.

»Sie sind die Einzige, die sagen kann, ob das schicklich ist oder nicht«, meinte er unbewegt, während sein Körper vor Begierde tobte.

Sie presste ihre Seite an ihn und lag dabei auf dem Rücken wie er. »Das stimmt wahrscheinlich. Allerdings würden Sie auch ein williger Teilnehmer sein müssen, nicht wahr?« Sie drehte ihm das Gesicht zu. »Ich für meinen Teil vermisse es irgendwie, mit einem anderen Menschen zu schlafen, und das insbesondere um diese Jahreszeit. Es ist gemütlich und tröstlich.« Wieder schob sie ihr Bein an seines. »Wie ist Ihre Meinung dazu?«

Lieber Himmel. Fragte sie ihn, ob er sie vögeln wollte? Oder vermisste sie einfach nur die Gesellschaft einer anderen Person beim Schlafen? Lucas konnte es wirklich nicht sagen, da er wahrscheinlich die wenigen Male an beiden Händen abzählen konnte, die er mit einer Frau die ganze Nacht verbracht hatte. »Mrs. Sheldon, wie lange ist es her, seit Sie das Bett mit einem Mann geteilt haben?«

»Sieben Jahre. Seit ich mein eigenes Zimmer im Haus meines Mannes bezogen hatte. Aber ich denke, Sie meinen den Geschlechtsakt. Es ist etwa fünf Jahre her, seit Vincent und ich ganz aufgehört hatten, das Bett zu teilen. Die gegenseitige Anziehung, die wir einst geteilt hatten, und die uns zur Heirat veranlasst hatte, war vollkommen erloschen. Ich frage mich, ob das bei allen Ehen der Fall ist, aber dann habe ich an meine Eltern gedacht und erkannt, dass das nicht der Fall sein kann. Die beiden waren ein Liebespaar und sie sind es immer noch.«

»Meine Eltern ebenfalls«, antwortete Lucas, der von dieser Frau gefesselt war, die so unverblümt über Dinge sprach, über die andere Frauen niemals reden würden, ob sie nun Witwen waren oder nicht. »Waren Ihr Ehemann und Sie es? Ein Liebespaar, meine ich.«

»Nein. Wir waren ein Lustpaar, und als die Lust abflaute, gingen wir zu einer unkomplizierten Freundschaft über. Vermutlich ist das besser als sich zu entfremden. Ich war traurig, als er starb.«

Das klang wirklich schrecklich. Nicht nur, dass er gestorben war, sondern, dass ihre Heirat mit einer Verheißung begonnen und sich dann zu weniger als erwartet entwickelt hatte. Er erkannte, dass er so etwas fürchtete. Seine Eltern hatten ihm gezeigt, wie es war, wenn zwei Menschen sich wie verrückt liebten, und dann hatte sein jüngerer Bruder das Gleiche getan, als er letztes Jahr geheiratet hatte, nachdem er sich wie verrückt in seine Frau verliebt hatte.

Inzwischen hatte Lucas nicht einmal mehr eine Mätresse. Er zog kurze Affären oder einzelne Liebesakte vor. So war es viel leichter, sich ohne großes Theater zurückzuziehen.

Mrs. Sheldon könnte eine kurze Affäre werden.

Aus unerfindlichem Grund wollte er sie nicht der Gruppe seiner Geliebten zuordnen. Sie war irgendwie anders. Unerwartet.

Weil er sie mitten in einem Schneesturm getroffen hatte

und nun aus nicht geschlechtlichem Anlass das Bett mit ihr teilte. Er schmunzelte.

»Was finden Sie so amüsant?«, fragte sie und klang belustigt.

»Ich mag Sie, Mrs. Sheldon. Aber ich muss darauf bestehen, dass Sie schlafen. Sie sind vorhin beim Backgammonspiel beinahe zusammengebrochen.«

Sie gähnte. »Sie mussten mich wohl unbedingt daran erinnern. Also gut. Schlafen wir. Mir ist jetzt viel wärmer. Danke. Ich hoffe, das ist keine schreckliche Zumutung.« Sie rieb sich an ihm und er unterdrückte ein Stöhnen.

»Es ist ein außergewöhnliches Vergnügen«, murmelte er mit dem Gedanken, dass sie bereits eingeschlafen war, denn ihre Atmung hatte sich wieder beruhigt. Zum ersten Mal verstand er vielleicht den Reiz, das Bett jede Nacht mit jemandem zu teilen. »Gute Nacht, Mrs. Sheldon.«

KAPITEL 2

*L*ucas erwachte früh, als das erste Tageslicht durch die Gardinen schien und den Boden mit Tupfen übersäte. Er blinzelte und es verging ein Augenblick, ehe er erkannte, wo er war. Und mit wem.

Mrs. Sheldons – egal, er konnte sie in Gedanken auch Juliana nennen, nachdem er ein Bett mir ihr geteilt hatte – Bein war mit seinem verschlungen und sie hatte ihren Rücken an seine Seite gepresst. Ihr Zopf lag auf seiner Schulter. Er wusste nun, dass er nach Lavendel duftete. Aber er konnte immer noch nicht sagen, wie er sich anfühlte. Es juckte ihn beinahe in den Fingern, die Strähnen zu lösen.

Meistens erwachte er morgens mit einem steifen Schaft, aber heute war es schlimmer. Heute bettelte er praktisch um seine Hand, um Erlösung zu finden. Natürlich würde er sich nicht der Selbstbefriedigung hingeben, während er mit Juliana im gleichen Zimmer war. Egal wie groß die Versuchung auch war.

Stattdessen schlüpfte er widerstrebend aus dem warmen Bett und zog sich rasch an. Er schürte das Feuer und achtete darauf, leiser zu sein als vergangene Nacht, was nach sich zog, dass er länger brauchte. Zufrieden, dass Juliana es warm genug hätte, ging er hinaus und versicherte sich, dass die Tür fest hinter ihm geschlossen war.

Nachdem er sich auf der Toilette erleichtert hatte, überlegte er, seinen anderen Bedürfnissen nachzukommen, doch es war zu verdammt kalt. Zumindest hatte es aufgehört zu schneien und die Sonne würde den Schnee bis zur Mittagszeit wahrscheinlich in Matsch verwandelt haben. Trotzdem konnte er seine Reise heute noch nicht fortsetzen. Er hoffte, dass es morgen besser wäre.

Tat er das wirklich? Er musste zugeben, dass er genoss, mit Juliana zusammen zu sein. Und ihr Bett zu teilen, selbst wenn es nur zum Schlafen war. Heute Morgen fühlte er sich besonders erfrischt.

Er ging wieder hinein und Mrs. Lilley begrüßte ihn. »Hätten Sie gern Tee oder Kaffee, um sich aufzuwärmen, Mylord?«

»Tee, vielen Dank.« Er hatte nie Gefallen an Kaffee gefunden. Er trank ihn gelegentlich, aber wenn er die Wahl hatte, entschied er sich immer für Tee. Er setzte sich an den gleichen Tisch, den er gestern Abend mit Juliana geteilt hatte. Sein Vater würde ihm sagen, dass er so nostalgisch wie seine Mutter war. Das stimmte. Lucas besaß eine sentimentale Natur, die seinem Vater nicht eigen war. Manchmal wunderte er sich, wie es kam, dass seine Eltern ein Liebespaar waren, obwohl sie nicht unterschiedlicher hätten sein können.

Mrs. Lilley brachte seinen Tee, schenkte ihm ein und fügte Zucker hinzu. »Ich hoffe, Sie hatten eine angenehme Nacht?«

»Das hatte ich. Danke.«

»Ich habe bemerkt, dass Sie nicht im Gastraum geschlafen haben.« Sie stellte eigentlich keine Frage, aber ihre Neugier war so laut wie ein Gewittersturm.

Er würde sie allerdings nicht befriedigen. »Das habe ich nicht.« Er hob seine Tasse und probierte das köstliche Heißgetränk.

Mit einem Schulterzucken informierte Mrs. Lilley ihn, dass sie das Frühstück in Kürze bringen würde. Dann verließ sie die Gaststube.

Einige Minuten später erschien Juliana auf der Treppe. Sie hatte ihren dunklen Haarzopf um ihren Kopf gewunden und festgesteckt, wodurch sie den Blick auf ihren schlanken Hals freigab. Sie trug das gleiche Kleid wie gestern. Es war eine hübsches, aber schlichtes Reisekleid aus pfaublauer Wolle. »Sie sind sehr früh auf«, meinte sie, als sie zu ihm an den Tisch kam.

»Haben Sie gut geschlafen?«, fragte er und wünschte, er hätte um eine zweite Tasse gebeten, damit er ihr etwas Tee anbieten konnte.

»Ja, danke.« Sie lächelte breit und plötzlich war er atemlos. Er fühlte sich wieder wie ein junger Bursche in Oxford, der sich voller Nervosität zum ersten Mal einer Frau nähert. »Es hat aufgehört zu schneien.«

»Das hat es, obwohl es erst später auf den Straßen tauen wird. Morgen wird der früheste Zeitpunkt sein, an dem wir abreisen können und das auch nur, wenn es nicht wieder schneit.«

Sie sah zu dem Fenster, das auf den Hof hinausging. »Der Himmel sieht für mich sehr klar aus. Vielleicht haben wir Glück.«

»Sie sind immer noch begierig, nach Hause zu kommen«, meinte er.

»Vielleicht ein bisschen weniger.« Ein kleines Lächeln umspielte ihre dunkelrosa gefärbten Lippen. Die untere war voller als die obere, was ihm perfekt erschien, um mit seinen Zähnen daran zu ziehen. Ihr Gesicht hatte die Form eines Herzens mit einem kleinen Grübchen am Kinn. Doch es waren ihre stechenden grünen Augen, die seine Aufmerksamkeit am meisten erregten. Sie zeugten von messerscharfer Intelligenz und waren auch auf eine geheimnisvolle Weise faszinierend, als ob sie Geheimnisse hüten würde. Aber taten das nicht alle?

Schritte waren auf der Treppe zu hören, als die Mutter, die gestern Abend angekommen war, ihre drei Kinder die Treppe hinunter in die Gaststube führte, während sie das vierte wieder trug. Ihr Ehemann folgte ihr. Er war zum Dinner in die Gaststube gekommen, um es gemeinsam mit seiner Familie einzunehmen, und hatte sich bei Lucas bedankt, dass er ihnen sein Zimmer überlassen hatte. Er hatte auch versucht, die Kosten zu erstatten, aber Lucas hatte ihn gebeten, den Betrag für weitere Herausforderungen aufzusparen, die ihnen auf ihrer Reise vielleicht noch bevorstünden.

»Können wir im Schnee spielen, Mama«, fragte einer der Jungen.

»Ihr werdet nass werden und dann müssen wir eure Kleider trocknen. Nein, wir werden heute drinnen bleiben. Setzt euch jetzt an den Tisch, damit ihr euer Frühstück essen könnt.« Sie führte sie wieder zum Tisch beim Kamin.

Die Kinder ließen sich auf ihren Stühlen nieder und sahen merklich niedergeschlagen aus.

»Ich erinnere mich, wie es sich anfühlt, wenn einem nicht erlaubt ist, etwas zu tun.« Er sah zu Juliana hin. »Und Sie?«

»Die ganze Zeit. Ich bin eine Frau, nicht wahr?« Sie lachte leise. »Es ist jetzt ein klein wenig besser, seit ich Witwe bin. Es gab viele Gelegenheiten, als ich jung und unverheiratet war, und ich irgendwohin gehen oder irgendetwas tun wollte, was meine Mutter mir dann untersagte.«

»Was für Dinge?«

Mrs. Lilley kehrte mit einer zweiten Tasse für Juliana zurück und schenkte noch heißes Wasser in die Kanne.

»Ich habe Brot, Schinken und Eier, die gleich serviert werden.«

Juliana lächelte zu ihr auf. »Danke, Mrs. Lilley.«

»Ich freue mich zu sehen, dass Sie Bekanntschaft geschlossen haben«, meinte sie und blickte von Juliana zu Lucas. »Vielleicht werde ich mich vor meinen Freundinnen brüsten können, dass ein Viscount seine Braut in *meinem* Gasthaus gefunden hat.« Ein wissender Schimmer lag in ihrem Blick, als ob sie erraten hätte, wo Lucas die Nacht verbracht hatte. Es war ihr zugute zu halten, dass sie das nicht laut sagte.

»Es tut mir leid, Sie enttäuschen zu müssen, Mrs. Lilley, aber seine Lordschaft und ich sind nicht verlobt und werden das auch nicht sein«, entgegnete Juliana.

»Ach, nun ich kann ja hoffen.« Mrs. Lilley ging davon und Juliana schenkte sich Tee ein.

»Wie können Sie wissen, dass wir uns nicht verloben werden? Nun, da Sie das gesagt haben, werden wir wahrscheinlich heiraten und zehn Kinder haben.«

Juliana lachte. »Das glaube ich nicht, jedenfalls ganz bestimmt nicht die Kinder.« Sie nippte an ihrem Tee. »Mrs. Lilley hat uns nur geneckt.«

Das war wahrscheinlich der Fall, aber Lucas dachte plötzlich darüber nach, ob Juliana seine Viscountess werden könnte. Ein Schauder lief ihm über den Nacken, was normalerweise immer passierte, wenn er an Heirat dachte. Unfehlbar befiel ihn immer wieder das Gefühl, eingeengt zu sein, als ob er in einen kleinen, fensterlosen Raum eingesperrt worden wäre. Es war schrecklich albern und er konnte nicht verstehen, warum, insbesondere, wenn das Gefühl so schnell verging, wie es gekommen war.

Er versuchte, das Thema zu wechseln, und sah erneut auf die Trübsal blasenden Kinder. »Sie haben mir nicht gesagt, was Sie unternehmen wollten, das Ihre Mutter Ihnen untersagt hatte.«

»Einmal wollte ich mit einigen Freundinnen mit dem Boot auf dem Fluss fahren. Das war verboten. Und auch, Federball im Park zu spielen. Es sei denn, meine Mutter war dort. Aber dann war es kein Spaß.« Ihre faszinierenden Augen glitzerten von ansteckendem Schalk, den er so verführerisch fand.

»Sicher haben Sie sich davongestohlen und diese Dinge trotzdem getan.«

»Einige Male. Bis ich erwischt wurde und man mich zur Strafe zwei Wochen lang in meinem Zimmer einsperrte. Anschließend habe ich die Regeln befolgt.«

»Sie bedauern das?«

»Nicht wirklich. Ich hatte eine sehr glückliche Kindheit und meine Eltern waren unbeschreiblich gutherzig. Sie wollten nur mein Bestes.«

»Und das war die Heirat mit Sheldon?«

»Sie waren hocherfreut, als er um meine Hand angehalten hat. Er besaß ein großes Anwesen mit einem ausgezeichneten Einkommen. Papa hatte gedacht, ich würde einen Schreiber oder – wenn ich Glück hätte – einen Anwalt heiraten.«

»Wie haben Sie und Sheldon sich kennengelernt?« Lucas wollte alles von ihrer Geschichte hören.

»Er kam eines Tages in das Geschäft meines Vaters, um nach einer Abhandlung über Schafe oder irgendetwas zu suchen. Ich kann mich nicht genau erinnern. Wir, nun, wir haben sofort eine Verbundenheit hergestellt.«

»Nicht Liebe, denn sonst hätten Sie gesagt, Sie wären ineinander verliebt gewesen.« Tatsächlich besann er sich, dass sie ihm einmal gesagt hatte, sie hätte ihn nicht geliebt. »Es sei denn … er wäre in Sie verliebt gewesen?«

Sie schüttelte den Kopf. »Es war weitaus primitiver. Sofortige Lust, wenn Sie so wollen.«

»Nun, das habe ich ganz bestimmt schon erlebt.« Mit ihr, um genau zu sein. Vielleicht nicht *sofort*, aber innerhalb einer kurzen Zeitspanne, nachdem sie sich kennengelernt hatten. Er ging davon aus, dass dies die Folge davon sein musste, das Bett mit jemandem zu teilen, zu dem man sich hingezogen fühlte.

Kleine Fältchen gruben sich in ihre Stirn. »Doch Sie haben niemanden geheiratet, bei dem Sie so fühlten?«

»Nein, ich würde lieber mehr als das fühlen, denke ich.« Als sie den Blick abwandte, erkannte er, dass sie an ihre Ehe dachte. »Das ist kein schlechter Grund, jemanden zu heiraten«, meinte er leise.

»Danke, dass Sie das sagen.« Sie stieß die Luft aus. »Ich war jung und wahrscheinlich dumm. Und damals dachte ich, dass es mehr wäre.«

»Sie wirken nicht unglücklich.«

»Das bin ich nicht. Anders als diese Kinder.« Sie warf einen Blick in ihre Richtung. Einer der Jungen unterhielt sich mit seinem Vater und es hatte den Anschein, als würde er um die Erlaubnis ersuchen, nach draußen gehen zu dürfen.

»Mein Bruder und ich haben uns im Garten mit Schneebällen beworfen.« Lucas lächelte, als er sich an die vielen Male erinnerte, die sie miteinander gebalgt hatten, bis sie durchgeweicht waren. »Ich kann es kaum abwarten, nach Hause zu kommen, um ihn zu sehen. Wenn es schneit, werden wir vielleicht eine Schneeballschlacht veranstalten, wie damals in unserer Jugend.«

»Ihre Familie klingt wundervoll.«

»Sie ist im Begriff größer zu werden. Der Grund, warum ich nach Hause eile, ist, dass seine Frau sehr bald ihr erstes Kind bekommen wird.«

»Wie wundervoll. Ich habe zwei Nichten und drei Neffen. Sie sind entzückend. Sie sind zwar auch ermüdend, aber entzückend.«

Lucas erkannte, dass er sie nie gefragt hatte, ob sie Kinder hätte. Er nahm an, dass dem nicht so war, da keines mit ihr reiste. Sicherlich hätten sie die Eltern ebenfalls besucht. »Sie und Sheldon haben keine Kinder.«

Sie schüttelte den Kopf. »Ich muss davon ausgehen, dass ich keine Mutter sein kann. Wir haben bestimmt genügend praktiziert, damit eines oder zwei dabei herauskommen.« Sie errötete. »Und schon wieder tue ich es. Ich rede einfach zu viel.«

Er beugte sich über den Tisch und flüsterte: »Ich würde gern alles über Sie wissen.«

Ihre Blicke trafen sich. »Oh.«

Mrs. Lilley brachte das Frühstück und entschuldigte sich für die Verspätung. Für ein paar Minuten aßen sie schweigend. Lucas konnte nicht sagen, ob es sie störte, keine Kinder zu haben, aber er wollte nicht fragen. Obwohl er neugierig war, wollte er nicht aufdringlich sein.

»Werden Sie in dieser Saison nach einer Viscountess Ausschau halten?«, fragte sie, ehe sie einen Bissen von dem Schinken nahm.

»In etwa. Das tue ich normalerweise. Ich finde den Heiratsmarkt ermüdend. Es ist so ein Theater, und es ist schwierig, eine Person näher kennenzulernen, wenn all die verdammten Regeln einen daran hindern. Mit einer jungen unverheirateten Frau hätte ich nie so viel Zeit verbringen und so interessante Gespräche führen können.«

»Ganz zu schweigen vom gemeinsamen Schlaf in einem Raum«, setzte sie verschmitzt hinzu.

Er lachte. »Ganz zu schweigen *davon*. Das ist aufs Höchste verpönt.«

»Dann wäre der Heiratsmarkt definitiv *nichts* für mich.«

Sie hatte ihrem Tonfall eine spielerisch hochmütige Note verliehen, und er konnte sich ein Lächeln nicht verkneifen. Warum konnte er während einer Londoner Saison nicht eine Frau wie sie kennenlernen?

Sie hob ihre Teetasse an. »Was tun Sie, außer der Ehefalle aus dem Weg zu gehen? Sind Sie im Parlament?«

»Nein, das bin ich nicht. Ich amüsiere mich und bin meinem Vater weiterhin behilflich, die Interessen unserer Familie zu wahren.«

»Wenn Sie kein Mitglied des Parlaments sind und nicht am Heiratsmarkt teilnehmen wollen, warum beteiligen Sie sich dann überhaupt an der Saison?«

»Was für eine verstörend treffende Frage.« Voller Bewunderung nickte er ihr zu. »Sie haben den Kern meiner unbedeutenden Existenz auf den Punkt gebracht. Ich bin ein nichtsnutziger Draufgänger. Nun ja, jedenfalls ohne ein gutes Ziel.« Das war ein Scherz, aber er konnte dieses kleine Sticheln des Unbehagens, das in seinem Hinterkopf steckte, nicht ignorieren.

»Warum suchen Sie sich dann nicht eine andere Beschäftigung? Oder, und das ist eine wirklich skandalöse Idee, *gehen Sie nicht nach London.*« Sie schnappte nach Luft und zog die Augenbrauen hoch, ehe sie schelmisch lächelte.

Damit hatte sie ihm einen Grund zum Nachdenken gegeben. Um genau zu sein, konnte er über viele Dinge nachdenken. Nie bereitete es ihm außerhalb Londons Probleme, sich zu beschäftigen. Er hatte viele Freunde und reiste gern, um ihre Besitzungen zu besuchen. Oft verbrachte er seine Zeit mit der Besichtigung ihrer Ländereien, um Ideen für Verbesserungen zu sammeln. Es war ihm eine Freude, mit den Bewohnern zu sprechen und etwas über ihr Leben zu erfahren. Waren diese Besuche nicht viel interessanter als die Saison? Und war es nicht möglich – und wünschenswert –, dass er bei einer solchen Gelegenheit eine Ehefrau finden könnte? Sein Freund Cosford und seine reizende Frau veranstalteten in der Regel sehr unterhaltsame Hauspartys. Vielleicht hätten sie auch nichts dagegen, eine solche Party zum Zweck einer Eheanbahnung, zu veranstalten.

»Danke, Papa!«

Lucas drehte den Kopf zu dem Kind, das vor Freude laut gejubelt hatte.

»Nur zehn Minuten. Und keine Schneebälle. Ihr dürft nicht klatschnass werden!«

»Verzeihen Sie mir«, meinte Lucas und erhob sich. »Ich fürchte, meine Dienste werden benötigt.« Er schritt auf die Familie zu. »Wenn Sie einverstanden sind, würde ich mich gerne als Zielscheibe anbieten. Die Kinder können so viele Schneebälle auf mich werfen, wie sie wollen. Natürlich müssen sie mich auch wirklich treffen, und ich kann mich sehr schnell bewegen.«

Die drei Kinder, die alle von ihren Stühlen aufgestanden waren, blickten aufgeregt zu ihm auf.

»Dürfen wir, Papa?«, fragte der älteste Junge und schickte einen flehenden Blick in Richtung seines Vaters.

»Geht nach oben, um eure Umhänge zu holen«, gebot der Mann und nahm den Jüngsten von seiner Frau, welche die Kinder nach oben führte, damit sie sich warm einpacken konnten.

»Ich werde sie so trocken wie möglich halten«, gelobte Lucas.

»Ich danke Euch, Mylord.« Er schüttelte den Kopf. »Ich hätte nie gedacht, dass ich einem Viscount begegnen würde, und ganz sicher hatte ich nicht erwartet, dass er so freundlich und ... gewöhnlich ist wie Ihr.« Er zog eine leichte Grimasse. »Ich bitte um Verzeihung. Ich wollte nicht sagen, dass Ihr gewöhnlich seid.«

»Ich fasse das als großes Kompliment auf.« Er kehrte an den Tisch zurück und verzehrte sein Brot.

Juliana blickte zu ihm auf, ihre Augen leuchteten atemberaubend. »Sie versetzen mich immer wieder in Erstaunen.«

Das war nicht seine Absicht gewesen, aber er konnte nicht leugnen, dass es ihm Freude bereitete, das zu hören. »Sie können sich uns gerne anschließen.«

»Nur, wenn ich auch Schneebälle auf Sie werfen darf.«

Er beugte sich hinunter und sprach dicht an ihrem Ohr. »Sie dürfen mit mir machen, was Sie wollen.«

~

Nachdem das Dinner beendet war, widmete Juliana sich ihrer Toilette und ließ sich auf dem Bett nieder. Sie konnte sich nicht erinnern, je einen schöneren Tag verbracht zu haben. Die Kinder und sie hatten Lucas mit Schneebällen beworfen, bis er ziemlich durchnässt war, woraufhin Mrs. Lilley darauf bestand, dass er ein warmes Bad in einer privaten Kammer neben der Küche nahm. Juliana hatte versucht, nicht an Lucas nackt in der Badewanne zu denken.

Lucas.

Er hatte verlangt, dass sie ihn so nannte, und behauptet, das sei sie ihm schuldig, nachdem er sich wahrscheinlich eine böse Erkältung zugezogen hatte. In dem Moment hatte sie sich schrecklich gefühlt, wenn ihr auch nicht entgangen war, dass er sie nur geneckt hatte.

Jetzt, da sie auf der Bettkante saß und auf seine Ankunft wartete, betete sie, dass er nicht wirklich krank wurde. Doch dafür hatte es keine Anzeichen gegeben. Er war charmant und kokett wie immer gewesen und hatte auch die Kinder amüsiert, die darum gebettelt hatten, mit Lucas essen zu dürfen.

Mrs. Lilley hatte zwei Tische zusammengeschoben, damit Juliana und Lucas gemeinsam mit den Garretts essen konnten. Mrs. Garret hatte sich neben Juliana gesetzt, sodass Juliana die Gelegenheit hatte, ihre Jüngste zu halten, ein süßes Mädchen namens Maggie, die kürzlich erst ihren zweiten Geburtstag gefeiert hatte.

Dann hatte Mrs. Garrett gemeint, dass Juliana eine ausgezeichnete Mutter werden würde, und natürlich hatte seine Lordschaft bereits seine Fähigkeiten als Vater unter Beweis gestellt. Juliana hatte sich die Mühe gespart, Mrs. Garrett aufzuklären, dass sie nicht verlobt waren.

Die Tür öffnete sich und lenkte Julianas Aufmerksamkeit in diese Richtung. Lucas blieb kurz stehen.

»Ich dachte, Sie wären schon längst unter der Bettdecke.« Er schloss die Tür gewissenhaft. »Ich habe auf Sie gewartet. Und über das Dinner nachgedacht. Ich bin sicher, dass Mrs. Garrett davon ausgeht, dass wir verlobt sind.«

Lucas gluckste. »Das habe ich mich auch gefragt. Sie sagte, dass wir hervorragende Eltern abgeben würden.«

»Das werden Sie, da bin ich mir sicher«, sagte Juliana. »Wenn Sie das interessiert. Sie scheinen Kinder zu lieben.« Sie erinnerte sich an seine Vorfreude auf die Geburt seiner Nichte oder seines Neffen.

»Das stimmt, aber ich habe noch nicht darüber nachgedacht, was für ein Vater ich einmal sein werde. Oder wann ich Vater werden würde. Es scheint mir verfrüht, wenn ich noch keine Frau kennengelernt habe, die ich heiraten möchte.«

Juliana sagte das zwar nicht laut, aber sie hoffte, er würde eine Frau finden und Kinder haben. Sie konnte erkennen, wie sehr er sie wollte, auch wenn er es nicht erkannte, und Mrs. Garret hatte recht damit, dass er ein ausgezeichneter Vater sein würde.

Lucas zog seinen Frack aus, den er an einen Haken hängte, bevor er sie mit hochgezogener Augenbraue ansah. »Das ist ungemein häuslich.« Er setzte sich auf einen der

Stühle und zog seine Stiefel aus. Beim Ausziehen der Strümpfe hielt er inne.

Juliana rutschte vom Bett und trat zu ihm. »Es wäre noch häuslicher, wenn ich sie ausziehen würde, meinen Sie nicht auch?«

»Lieber Gott, Juliana, Ihr Flirt wird immer kühner. Ich könnte mich fragen, ob Sie versuchen, mich zu verführen.« Er ließ den zweiten Strumpf zu Boden fallen und wackelte mit den Zehen.

Sie lachte leise. »Würde das viel Mühe erfordern?«

Er setzte sich auf dem Stuhl aufrecht und fing an, seine Weste aufzuknöpfen. Dieses beiläufige Ausziehen seiner Kleidung, während sie zuschaute, wirkte unglaublich und schockierend erotisch. »Flirten wir noch, oder sprechen wir offen miteinander?«

Ihr Körper spannte sich vor Erwartung und Befürchtung an. »Da wir morgen mit ziemlicher Sicherheit abreisen und uns wahrscheinlich nie wiedersehen werden, sollten wir ganz offen miteinander reden, meinst du nicht?«

»Das ist ein ausgezeichnetes Argument.« Er wand sich aus der Weste, und sie nahm sie ihm ab, faltete sie in der Mitte und strich mit der Hand über den prächtigen Stoff, bevor sie sie über die Rückenlehne des zweiten Stuhls drapierte. »Sehr häuslich«, murmelte er und musterte sie aus schmalen Augen.

Sie trug einen dicken Morgenmantel über ihrem Nachthemd, aber sein heißer Blick gab ihr das Gefühl, als trüge sie nichts am Leib. »Ich glaube, wir sollten zu Bett gehen«, sagte sie heiser. »Und nicht zum Schlafen.«

Überraschung flackerte kurz über seine Züge, die allerdings rasch von starkem Verlangen abgelöst wurde. »Dagegen habe ich nichts einzuwenden.«

Sie stellte sich zwischen seine Beine und zupfte an seinem Krawattenschal. »Das denke ich auch nicht. Es sei denn, du hättest mich die ganze Zeit getäuscht. Ich könnte wetten, dass du *begierig* wärst.«

Er legte die Hände auf ihre Taille, und ihre Knie drohten zu schlottern. Es war die intimste Art, wie er sie bislang berührt hatte, obwohl sie zusammen im gleichen Bett geschlafen hatten. »Ich bin nicht begierig«, widersprach er leise. »Ich bin in *Bedrängnis*. Bitte befreie mich von meinen Qualen.«

Juliana lächelte. »Wir können nicht zulassen, dass du leidest.« Sie zog ihm den Krawattenschal aus und ließ ihn zu Boden fallen. Dann schob sie die Hände in sein Hemd und drückte ihre Handflächen an seine warme Haut. Mit gesenktem Kopf presste sie ihre Lippen auf seine.

Seine Finger gruben sich durch ihre Kleidung in ihre Haut, während er sie mit feuriger Intensität küsste. Er neckte sie und spielte mit seinen Lippen und seiner Zunge, bevor er eine Hand in ihren Nacken legte. Fest umklammert hielt er sie, um seinen Kuss zu vertiefen, der ihr zeigen sollte, wie sehr er sich nach ihr verzehrte.

Eine Empfindung durchströmte und schockierte sie nach so langer Zeit. Sie packte ihn an den Schultern, als es den Anschein hatte, als würde ihr der Boden unter den Füßen schmelzen.

Er ließ ihren Hals los und schob ihren Morgenmantel auseinander, was ihren Kuss beendete. »Du trägst ein Nachthemd«, stellte er mit großer Enttäuschung fest.

»Schlechte Planung meinerseits.« Sie zog die Arme aus dem Morgenmantel und ließ ihn zu Boden fallen. Dann fing sie an, dasselbe mit dem Nachthemd zu tun.

Lucas bot ihr Hilfe an, indem er den Saum hochschob, bis er ihre Schenkel, dann ihr Geschlecht und schließlich ihren Unterleib freigelegt hatte. Bevor sie das Kleidungsstück ganz ausziehen konnte, hielt er ihre Brüste in seinen Händen, während er unverständliche Dinge murmelte. Juliana warf den Kopf zurück und gab sich seinen Berührungen hin. Er streichelte und zwickte sie und schürte eine starke Erregung, die in ihrem Geschlecht pulsierte.

Er schloss den Mund um ihre Brustwarze. Stöhnend sah sie auf seinen Kopf hinab, der sich an sie schmiegte, und schob die Hände in sein hellbraunes Haar. Er zog mit den Lippen an ihrem Fleisch, während er ihre andere Brustwarze mit den Fingern kniff und drückte, bis sie sich ihm begierig auf mehr entgegenwölbte.

Sie flüsterte seinen Namen. »Jetzt bin *ich* begierig.«

»Gut.« Mit seiner Hand strich er über ihren Unterleib und ließ sie bis zu ihrer Hüfte gleiten, dann führte er seinen Weg nach innen bis zu ihrem Geschlecht fort. Er neckte ihre Schamlippen, indem er seine Finger spielen ließ. »Du *fühlst* dich sogar begierig an. Wie wundervoll.«

Plötzlich erhob er sich und sie rechnete beinahe damit, dass er sie hochheben und auf das Bett werfen würde. Stattdessen ergriff er ihr Haar und fing an, die Nadeln herauszuziehen. »Beinahe seit dem Moment, seit ich dich das erste Mal gesehen habe, wollte ich dich mit offenen Haaren sehen.«

Der Zopf fiel ihr über den Rücken und sie schob ihn nach vorn über ihre Schulter. Bevor sie ihn öffnen konnte, hatte er das Bändchen an den Haarspitzen bereits aufgenestelt und fuhr mit den Fingern durch die Haarsträhnen, um sie zu entwirren.

Lucas drapierte ihr Haar um ihre Schultern und betrachtete sie mit beinahe ehrfürchtiger Miene. »So wunderschön«, flüsterte er, ehe er sie in seine Arme schwang.

Dann trug er sie zum Bett und legte sie vorsichtig auf die Bettdecke. Sie sah ihm zu, wie er seine restliche Kleidung ablegte. Sein Körper schimmerte im Feuerschein und verlieh seiner Haut einen goldenen Schimmer.

Er war muskulös mit einem Flecken brauner Locken

zwischen seinen Brustwarzen, die sich zu seinem Bauch hin verjüngten. Sie folgte diesem Pfad und erkannte die eindeutigen Anzeichen *seiner* Begierde. Sein Schaft stand groß und erigiert hervor und er war ebenso bereit wie sie.

»Komm zu mir Lucas. Jetzt. Wir können es später noch langsamer angehen lassen.«

Er kam auf das Bett und bedeckte ihren Körper mit seinem. »Später?«

»Du kannst doch nicht glauben, dass ich heute Nacht einen einzigen Augenblick verschwenden werde.«

Lachend küsste er sie leidenschaftlich und stürmisch. »Du bist eine erstaunliche Frau. Dies ist einfach die beste Reiseungelegenheit, die ich je erlebt habe.«

Juliana streckte die Hand zwischen sie und streichelte seinen Schaft. »Ich gedenke, dafür zu sorgen, dass du das nie vergisst.«

»Das wäre unmöglich.« Wieder nahm er ihren Mund in Besitz und drang mit seiner Zunge tief in sie, als sie seinen Schaft bearbeitete.

Er bewegte die Hüften und sie reagierte, indem sie den Rücken vom Bett wölbte. Während er ihre Hand mit seiner streifte, ertastete er ihr Geschlecht und glitt mit dem Finger in sie. Juliana spreizte die Beine und hob sie an, um seinen Stößen entgegenzukommen. Sie war mehr als begierig nach ihm.

Sie schlang die Beine um seine Hüften und dirigierte seinen Schaft näher zu ihrem Eingang, um ihn dann zusammen einzuführen. Er hielt sie an den Hüften und drang tief in sie.

Lucas strich das Haar aus ihrem Gesicht und küsste sie auf die Stirn. »Ich kann nicht langsam machen. Beim nächsten Mal.«

»Ja, bitte.« Sie wollte es nicht langsam oder sanft. Sie wollte ihn in jedem Teil von ihr fühlen.

Die Fersen in seine Rückseite gestemmt drängte sie ihn, sich zu bewegen. Er gehorchte bereitwillig und seine Hüften prallten gegen ihre. Er bewegte sich schnell und füllte sie wieder und wieder aus, bis er sie an die Grenze ihrer Kontrollfähigkeit getrieben hatte. Dann ließ sie sich über den Abgrund in diese wundervolle Selbstvergessenheit fallen, während er ihre Klitoris mit den Fingern streichelte, um ihren Orgasmus noch zu intensivieren. Mit einem Aufschrei presste sie sich um ihn zusammen und ihr Körper erschauderte in seiner Erlösung.

Er wurde langsamer und behielt einen stetigen Rhythmus, als sie sich erholte. Sein Mund fand den ihren und er küsste sie mit einer lässigen aber durch und durch dekadenten Wildheit, die ihre Begierde sogleich wieder neu entfachte, bis sie beinahe wieder vor Verlangen keuchte.

Sie klammerte sich an seinen Kopf und bewegte sich unter ihm, um sein Tempo zu steigern. Wieder erfüllte er ihre Bedürfnisse und drang mit schnellen Stößen in sie, bis sie wieder aufschrie, als ihr Körper sich erneut der Erlösung näherte.

Sie streckte die Hand nach unten und umklammerte seine Kehrseite, wobei sie die Finger in seine Haut grub. Er knurrte ihren Namen. Dann brach ihre Welt auseinander, als sie erneut kam. Sie wimmerte vor Befriedigung und hielt ihn fest an sich gepresst, als er sich mit bebendem Körper in ihr erlöste.

Nach einigen Minuten rollte er sich zur Seite und sie bewegte sich mit ihm. Sie hatte nicht die Absicht, heute Nacht von ihm abzulassen. Tatsächlich war sie nicht sicher, wie sie ihn gehen lassen sollte, wenn es Morgen würde.

Sie legte eine Hand auf seine Brust und spürte sein pochendes Herz, das sich allerdings allmählich beruhigte, als sie wieder zu Atem kamen. »Beim nächsten Mal werde ich oben sein.«

Er drehte den Kopf. »Tatsächlich?«

»Ich reite gern. Habe ich dir von meinem Pferd, Clio, erzählt? Ich reite sie jeden Tag. Ich vermisse sie wirklich schrecklich, wenn ich fort bin.«

»Du willst damit also sagen, dass du einen guten Ritt brauchst.« Sein provokatives Lächeln ließ ihr Herz einen Takt aussetzen.

»Ja, das sage ich.« Sie ließ ihre Fingerspitzen um seine Brustwarze kreisen. »Ich sollte dich warnen. Ich bin eine sehr gute Reiterin. Ich werde nicht so schnell müde.«

Er stöhnte. »Du bist zweifelsohne die erstaunlichste Frau, die ich je getroffen habe.« Er streckte seinen Arm zur Seite aus und blickte sie in offener Bewunderung an. »Ich stehe dir zu Diensten.«

~

Juliana lächelte, noch bevor sie die Augen aufschlug. Was für eine spektakuläre Nacht. Heute würde sie müde sein, doch das war es wert.

Sie rollte sich herum und streckte die Hand nach Lucas aus. Doch da war nur kalte, verlassene Bettwäsche. Schlagartig riss sie die Augen auf, um das Zimmer nach ihm abzusuchen.

Es war leer.

Gestern war er früh aufgestanden, also war er wahrscheinlich bereits unten. Begierig, ihn zu sehen, und das bisschen Zeit mit ihm zu verbringen, das ihnen noch blieb, sprang sie aus dem Bett. Rasch wusch sie sich und zog sich an, wobei ihr auffiel, dass seine Sachen ebenfalls fort waren. Nun wahrscheinlich hatte er sie mit nach unten genommen, da sie heute abreisen würden.

Um dies zu bestätigen, trat sie ans Fenster. Leichtes

Gewölk färbte den Himmel grau und der beinahe geschmolzene Schnee hatte alles in Matsch verwandelt. Somit würde es ein langsamer Reisetag werden, aber wenigstens konnten sie aufbrechen.

Verflixt, insgeheim hatte sie gehofft, es würde wieder zu schneien anfangen.

Nachdem sie ihr Haar aufgesteckt hatte, begab sie sich nach unten. Die Garretts saßen bereits in der Gaststube, wie auch einige andere Gäste. Mrs. Lilley war wie immer sehr geschäftig.

»Guten Morgen«, begrüßte Mrs. Garrett Juliana. »Möchten Sie mit uns frühstücken?«

Juliana konnte Lucas nicht entdecken. »Das wäre schön, danke. Gesellt sich seine Lordschaft auch zu Ihnen?«

»Wir haben ihn nicht gesehen.« Mrs. Garretts Blick wanderte nach links. »Hal, ärgere deine Schwester nicht!« Sie warf einen Blick zurück zu Juliana. »Entschuldigen Sie bitte.«

Stirnrunzelnd ging Juliana zu Mrs. Lilley, die gerade den Tee an einen Tisch brachte. »Verzeihen Sie, Mrs. Lilley, ich wollte fragen, ob Sie vielleicht wissen, wo Lord Audlington steckt.«

Die Frau blickte sie einen langen, zunehmend unbehaglicher werdenden Moment an. »Ach, Sie wissen nicht, dass er vorhin aufgebrochen ist?«

Er war einfach gegangen, ohne ein Wort des Abschieds zu ihr? Juliana krampfte sich innerlich zusammen. Sie fühlte sich, als ob sie aus einer rollenden Kutsche gefallen sei. Das war erschütternd. Unerwartet. Schmerzhaft. »Nein, das wusste ich nicht.«

»O je. Das tut mir leid. Sie müssen mich für den Moment entschuldigen, aber ich kann später für Sie da sein.« Sie schenkte Juliana ein herzliches Lächeln, ehe sie in Richtung Küche davoneilte.

Juliana hatte keine Erwartung an ihn gestellt, doch nach der gemeinsam verbrachten Nacht gebot es ihrer Meinung nach zumindest die Höflichkeit, dass er sich von ihr verabschiedete. Stattdessen war er in den frühen Morgenstunden ohne ein Wort ausgerissen. Sie war nicht wirklich wütend, sondern nur sehr, sehr enttäuscht. Diese Empfindung war es jedoch, die sie wütend machte. Es lag schon lange zurück, dass ein Mann sie beeindruckt hatte. Vielleicht war das der Grund, warum es so lange gedauert hatte. Es war leichter – und besser – ein Leben ohne Erwartungen und Enttäuschungen zu führen.

Trotzdem würde sie dieses Intermezzo nicht bereuen. Mit Lucas hatte sie sich so lebendig gefühlt wie seit Jahren nicht mehr. Dafür würde sie ihm dankbar sein, selbst wenn er sich als selbstbezogener Schuft entpuppte. Wenn überhaupt, dann hatte er ihr ein Geschenk gemacht. Jetzt konnte sie über zukünftige ... Liebschaften nachdenken. Warum nicht?

Juliana verdrängte ihre negativen Gefühle und stürzte sich auf ihr Frühstück. Dann packte sie mit neu gewonnener Entschlossenheit ihre Sachen.

Ja, sie würde Lucas danken, dass er ihr in Erinnerung gerufen hatte, eine Frau und nicht nur eine Witwe zu sein. Nun, das hätte sie getan, wenn er nicht ausgerissen wäre. Und das war sein Pech.

KAPITEL 3

Noch nie hatte Juliana an einer Hausparty teilgenommen. Schon gar nicht an einer, die zur Zusammenführung von Paaren ausgerichtet wurde, sei es für die Ehe oder ... andere Aktivitäten. Sie versuchte, sich den genauen Wortlaut der Einladung in Erinnerung zu rufen, die allerdings mündlich von einem Boten überbracht worden war, den ihre Gastgeber, Lord und Lady Cosford, entsandt hatten, und es wollte ihr beim besten Willen nicht mehr einfallen.

Sie freute sich darauf, Lord und Lady Cosford wiederzusehen, und sie hoffte, einige neue Freunde zu gewinnen. Vor allem aber hoffte sie, sich auf eine Affäre einzulassen. Der Gedanke daran erfüllte sie mit einer schwindelerregenden Begierde.

Ihr letztes Verhältnis, eine dreimonatige Affäre mit Conrad Smithson, einem Witwer, der in Skipton wohnte, lag nun schon einige Monate zurück. Er hatte ihr einen Heiratsantrag gemacht, trotzdem sie ihm deutlich gemacht hatte, keinerlei Interesse daran zu haben, und so hatte sie ihre Vereinbarung beendet. Warum sollte sie heiraten, wenn sie finanziell abgesichert war und die komfortable Unabhängigkeit des Witwenstandes genießen konnte?

Diese Hausparty bot die perfekte Gelegenheit für eine zeitlich begrenzte Affäre, solange die Party dauerte. Das klang ideal für Juliana.

Ihre Kutsche hielt vor Blickton, dem Landsitz des Earl of Cosford. Es handelte sich um ein prachtvolles Gebäude mit palladianischer Fassade aus dem vergangenen Jahrhundert. Ein Lakai öffnete ihr die Tür und war ihr beim Aussteigen behilflich. Sofort bemerkte sie frischen Wind und den sich in der Ferne verdunkelnden Himmel zu ihrer Linken. Eilig begab sie sich ins Haus.

»Willkommen auf Blickton«, begrüßte der Butler sie mit einer Verbeugung.

Lady Cosford rauschte in die Eingangshalle und ein breites Lächeln erhellte ihre Züge. »Mrs. Sheldon, wie schön, Sie zu sehen. Ich bin so froh, dass Sie uns endlich besuchen kommen.«

»Ich freue mich so über Ihre Einladung. Es tut mir leid, dass ich letztes Jahr nicht dabei sein konnte.« Im vergangenen Jahr hatte Juliana um diese Zeit eine Einladung von den Cosfords zu einer Hausparty erhalten. Doch sie hatte sich verpflichtet gefühlt, ihrer Freundin beizustehen, die gerade ihr Baby zur Welt gebracht hatte. »Und Sie müssen mich bitte Juliana nennen, so wie früher, wenn ich Sie besucht habe.« Das war allerdings schon Jahre her, als sie noch mit Vincent verheiratet gewesen war.

»Ja, gewiss, und Sie werden mich Cecilia nennen. Ich freue mich so sehr, dass unsere Freundschaft wieder aufleben kann.« Sie nahm Juliana am Arm. »Ich bin froh, dass Sie hier sind. Ich habe mich schon gefragt, ob ich Sie irgendwie verärgert habe, als Sie mit Ihrem Mann damals hier zu Besuch waren.«

»Ganz und gar nicht«, versicherte Juliana ihr. »Ich war in den ersten Jahren eine Art Einsiedlerin.«

Lady Cosford blickte sie aus bernsteinfarbenen Augen an. »Was hat Sie schließlich aus der Abgeschiedenheit herausgelockt?«

Die Wahrheit, dass es eine überraschende Liebelei mit einem Viscount in einem Gasthaus während eines Schneesturms gewesen war, konnte Juliana ihr schlecht sagen. »Vermutlich war es einfach an der Zeit.«

»Nun, das ist eine geheimnisvolle Antwort«, meinte Lady Cosford scherzhaft.

Die Geheimnisvolle Witwe. So hatte Lucas sie genannt.

Kühle Luft wehte Juliana in den Rücken.

Lady Cosfords Augen funkelten, als ihr Blick zur Tür schwenkte. »Ein weiterer Gast ist eingetroffen. Kommen Sie, ich stelle Ihnen Lord Audlington vor.«

Juliana erstarrte, und das hatte nichts mit dem kalten Wind zu tun, der in die Halle wehte, denn die Tür war jetzt geschlossen. Sie drehte sich langsam um und beobachtete, wie Lucas dem Butler Hut und Handschuhe überreichte und Small Talk betrieb.

Oh, das würde *wundervoll* werden.

Lady Cosford führte sie weiter. Lucas wandte sich ihnen zu und sein Blick fiel zuerst auf ihre Gastgeberin, ehe er zu Juliana wanderte. Der Ausdruck in seinen Augen, als er sie wiedererkannte, hätte Juliana beinahe dazu gebracht, loszuprusten. Sie hatte gedacht, sie würde ihn nie wiedersehen. Ganz bestimmt hätte sie niemals erwartet, ihn *hier* anzutreffen.

Dass sie ihn auf diese Weise wiedersah, die ihr erlaubte, ihn zu schockieren, war wirklich köstlich.

»Audlington, gestatten Sie mir, Ihnen meine Freundin, Mrs. Juliana Sheldon vorzustellen.«

Lucas verneigte sich tief. »Es ist mir eine große Ehre.«

Juliana sank in einen minimalen Knicks. Mehr hatte er nicht verdient.

»Juliana, dies ist Viscount Audlington.«

Juliana biss die Zähne zusammen, damit sie Cecilie nicht korrigierte und sie darüber in Kenntnis setzte, dass er besser als der Ausgerissene Viscount bekannt war. Zumindest für Julia.

»Sie sind die ersten Ankömmlinge«, meinte Lady Cosford zu ihnen beiden. »Wir werden uns in etwa einer Stunde im Salon versammeln, da die Mehrheit der Gäste dann eintreffen sollte. In der Zwischenzeit wird Vernon Ihnen Ihre Zimmer zeigen. Zufälligerweise liegen sie recht dicht beieinander.«

Juliana vermied es, Lucas anzuschauen. Sie wollte nicht wissen, was er davon hielt. Wahrscheinlich würde er von ihr wollen, ihn in ihr Bett einzuladen, doch das würde sie nicht tun. Sie war zwar gekommen, um eine Affäre zu haben, aber *nicht* mit ihm.

Sie warf allerdings einen Blick zu Cecilia. Hatte Cecilia sie beide absichtlich in so dicht beieinander liegenden Zimmern untergebracht? Hoffte sie, dass Juliana und Audlington eine Verbindung knüpften? Wenn dem so wäre, würde sie enttäuscht werden.

Cecilia löste ihren Arm von Julianas. »Wir sehen uns sicher bald.«

»Ja, vielen Dank.« Juliana folgte dem Butler, einem etwa fünfzigjährigen Mann von durchschnittlicher Größe, kräftiger Statur und dunkelgrauem Haar.

Vernon führte sie die Treppe hinauf. »Die Herrschaften sind beide im Westflügel untergebracht.«

»Ich hatte keine Ahnung, dass Sie hier sein würden«, flüsterte Lucas.

Juliana hielt den Blick nach oben gerichtet, während sie die Treppe erklommen. »Hätten Sie beschlossen, nicht zu kommen?«, fragte sie kühl. »Keine Angst, Sie können immer Reißaus nehmen. Darin sind Sie sehr gut.«

»Reißaus nehmen? Ich habe nicht ...«

Sie warf ihm einen Blick zu und angesichts der Bestürzung, die sich auf seinem attraktiven Gesicht abzeichnete, musste sie ein Lächeln unterdrücken. »Wie würden Sie es nennen, wenn Sie eine Frau im Bett zurücklassen, ohne ihr auch nur einen Abschiedskuss auf die Wange zu geben?«

»Ich habe Ihnen eine Nachricht hinterlassen!« Beim letzten Wort hatte er die Stimme erhoben und Vernon damit veranlasst, über seine Schulter zurückzuschauen, als er die Galerie am oberen Ende der Treppe erreichte.

»Wo?«

»Ich habe sie Mr. Lilley gegeben. Eigentlich war es keine schriftliche Nachricht. Ich habe ihm gesagt, er solle Ihnen ausrichten, dass ich beschlossen hatte, so schnell wie möglich abzureisen, weil es nach Regen ausgesehen hatte.«

»Wie ... besonders ich mich dadurch fühle, Eure Lordschaft. Leider hat Mr. Lilley keinerlei Nachricht übermittelt. Die Kinder der Garretts waren ganz schön enttäuscht, dass sie sich nicht verabschieden konnten.«

Er brachte einen Laut hervor, der zwischen einem Knurren und einem Grunzen lag. Es klang, als hätte es ihm Schmerzen bereitet, dieses Geräusch zu fabrizieren. Das hoffte sie.

Lieber Himmel, sie hatte nicht gedacht, dass sie noch solche Wut auf ihn hatte. In diesem Punkt hatte sie sich offensichtlich geirrt.

Sie schritten die Galerie im ersten Stock entlang, bis Vernon vor einer Tür auf der linken Seite innehielt. Er öffnete sie für Juliana, doch dann blieb er auf der Empore stehen. »Dies ist Ihr Zimmer, Mrs. Sheldon. Wie ich höre, haben Sie keine Zofe mitgebracht. Lady Cosford hat Ihnen eine zugewiesen. Sie wird gleich zu Ihnen kommen, oder sie befindet sich bereits in Ihrem Ankleidezimmer.«

»Ich danke Ihnen.« Da Julianas Haus recht klein war, war die Zofe gleichzeitig die Haushälterin. Wenn Juliana auf Reisen ging, was selten der Fall war, ließ sie die Frau zuhause zurück, damit sie für Ordnung sorgte.

»Euer Zimmer liegt am Ende, Mylord.« Vernon setzte seinen Weg über die Galerie fort.

»Ich bin gleich wieder da«, meinte Lucas.

Vernon hielt inne und blickte über seine Schulter zurück. »Euer Zimmer liegt rechter Hand.«

Juliana war auf der Schwelle ihres Zimmers stehen geblieben. Lucas sah sie an und meinte entschuldigend: »Es tut mir sehr leid, dass Sie meine Nachricht nicht erhalten haben.« Er wirkte gequält.

Angesichts seines offenkundigen Unbehagens versuchte Juliana, nicht zu lächeln, und zuckte stattdessen mit den Schultern. »Das ist kaum von Bedeutung. Es ist beinahe zwei Jahre her. Ich kann mich kaum noch auf unsere gemeinsame Zeit besinnen.« Das war eine dreiste Lüge, was er allerdings nie erfahren würde.

Er wurde ganz starr. »Ich erinnere mich ganz deutlich und mit Vorliebe daran. Ich freue mich, unsere Bekanntschaft diese Woche wieder aufleben zu lassen.«

»Solange Sie verstehen, dass es sich dabei nicht um dieselbe *Art* von Bekanntschaft handeln wird.« Sie presste die Lippen aufeinander und kniff die Augen zusammen. »Habe ich mich klar ausgedrückt?«

»Absolut.« Er lehnte sich ganz dicht an sie, und sie atmete seinen maskulinen Duft nach Kiefer und Sandelholz ein. »Das wird mich nicht von meinem Versuch abhalten, Sie zu überreden, mir zu verzeihen.« Seine markanten grauen Augen bohrten sich verheißungsvoll in die ihren, und verflucht sollte sie sein, wenn sie nicht ein Auflodern ihres Verlangens verspürte. Oft hatte sie an ihre Liebelei gedacht und war sogar gelegentlich wehmütig geworden, weil alles nur noch eine Erinnerung war.

Dieses Eingeständnis fachte ihren Zorn nur noch weiter an. »Versuchen Sie es so viel Sie wollen, Mylord. Ich werde es genießen, Sie scheitern zu sehen.« Damit trat sie einen Schritt zurück und schlug ihm die Tür vor der Nase zu.

Als sie sich umdrehte, hatte sie kaum einen Blick für die Einrichtung des Zimmers, denn ihre Gedanken drehten sich wie rasend. Dieser Zorn, den sie Lucas entgegenbrachte, war einigermaßen überraschend. Aber was hatte sie erwartet? Sie hätte nie gedacht, ihn einmal wiederzusehen. Und ihm dann unter diesen Umständen zu begegnen ... Es war ein Schock. Sie würde sich an seine Präsenz gewöhnen, und die Tatsache, dass er in ihrer Gegenwart war und nicht nur eine Fantasie aus ihrer Vergangenheit.

Bis dahin würde sie ihn genussvoll quälen. Das war das Mindeste, was er verdient hatte.

~

Nach dem Dinner saß Lucas im Speisezimmer und nippte mit den anderen männlichen Gästen der Party Portwein. Vor lauter Nervosität wippte er mit dem Fuß und schaute immer wieder in Richtung des Salons, in dem sich die Ladys befanden.

In dem Juliana saß.

Beim Abendessen hatte sie ihren Platz am anderen Ende des Tisches gehabt. Sie hatte gelacht und sich mit den anderen Gästen unterhalten. Er glaubte nicht, dass sie auch nur einmal in seine Richtung geschaut hatte. Hätte sie das getan, würde sie bemerkt haben, wie er versuchte, ihre Aufmerksamkeit zu gewinnen. Und wozu? Damit er ihr eine weitere Entschuldigung quer durch das Speisezimmer zurufen konnte, die sie ihm mit ziemlicher Sicherheit ins Gesicht zurückschleudern würde?

Er verstand ihren Zorn. Sie glaubte, er hätte sich davongemacht, ohne ein Wort zu hinterlassen. Unter diesen Umständen wäre er ebenfalls verstimmt gewesen.

In Wahrheit bedauerte er, dass er losgefahren war, ohne vorher mit ihr gesprochen zu haben. Er hatte seine Reise unbedingt fortsetzen wollen, um das klare Wetter ausnutzen, solange es noch anhielt. Doch es war mehr als das. Er hatte sie im Schlaf betrachtet und das Potenzial für eine längere Affäre erkannt.

Vielleicht sogar eine dauerhafte Liebelei. Wobei es sich, und da war er sich sehr sicher, um eine Ehe handeln sollte.

Was wäre aber, wenn es nicht für immer war? Was, wenn ihnen nur eine kurze Liaison bestimmt war, wie bei all seine anderen Affären? Warum sollte es mit ihr anders sein?

Weil er in den fast zwei Jahren, seit er sie kennengelernt und in seinen Armen gehalten hatte, mehr an sie gedacht hatte als an jede andere Frau. Nun war sie hier, innerhalb seiner Reichweite, als ob das Schicksal sie genau in dem Moment zusammenführen wollte, in dem er beschlossen hatte, für die Ehe bereit zu sein.

Unglücklicherweise schien sie seine Empfindungen nicht zu teilen. Es schien, als hätte sie ihn die letzten beiden Jahre verunglimpft.

Sie dachte, du hättest sie ohne ein Wort verlassen!

Selbst wenn sie seine Nachricht bekommen hätte, war es dennoch lausig, sie so zurückzulassen, und das wusste er. Er musste Wiedergutmachung leisten. Wenn er das konnte.

Oder er konnte die Sache hinter sich lassen und die anderen Ladys auf der Party kennenlernen.

Neben ihm schien ein Gentleman namens Howell seine Gedanken zu lesen. »Eine ausgezeichnete Auswahl an Ladys, meinen Sie nicht?«

»So scheint es.« Lucas kannte den Mann kaum und er würde ganz bestimmt nicht seine Aussichten mit ihm besprechen.

Howell fuhr fort. »Ich bin nicht unbedingt hier, um zu heiraten, wissen Sie, obwohl meine Tochter eine Mutter gebrauchen könnte. Hoffentlich wird es so oder so eine großartige Zeit werden.« Er wackelte mit seinen dunklen Augenbrauen. »Was ist mit Ihnen, Audlington? Auf der Suche nach einer Frau, nicht wahr?«

»Was veranlasst Sie, das zu sagen?«

Der Ältere – Howell war mindestens fünf Jahre älter als Lucas – zuckte mit den Schultern. »Sie sind Erbe zu einem Herzogtum und Sie sind in einem bestimmten Alter. Ich kann mir vorstellen, dass Sie den Druck spüren müssen.«

»Entschuldigen Sie mich.« Entnervt stand Lucas auf und begab sich zu einem freien Platz auf der anderen Seite des Tisches neben seinem Freund Rotherham. Wie Lucas, war der Earl hier, um eine Frau zu finden, obwohl allerdings aus anderen Gründen. Er hatte kein Geheimnis daraus gemacht – zumindest nicht Lucas gegenüber –, dass er eine Mutter für seine zwei Töchter wollte.

»Stimmt etwas nicht mit deinem vorigen Stuhl?«, fragte Roth mit einem leichten Grinsen.

»Kennst du Howell?« Angesichts Roths Grinsen vermutete Lucas, dass dem so war.

»Ein bisschen. Er ist harmlos.« Roth hob sein Weinglas und sah Lucas aus schmalen Augen über den Rand hinweg an. »Er lässt dich allerdings ganz bestimmt wie einen Puritaner aussehen.«

Lucas runzelte die Stirn, als er sich wieder in seinen Stuhl zurücksetzte. »Mein Ruf hat sich stark verbessert.« Seit über einem Jahr hatte er wie ein Mönch gelebt. Seit er sich von seiner Mätresse getrennt hatte – der ersten und letzten, die er sich je genommen hatte. Es stellte sich heraus, dass er klug genug war, um solche Liebschaften zu vermeiden.

»Das scheint mir so. Hat dein Vater endlich ein Edikt erlassen?«

»Ja, das hat er.« Lucas musste in der kommenden Saison heiraten, oder sein Vater würde eine Frau für ihn auswählen. Allerdings war das nicht das Hauptmotiv, das Lucas antrieb, aber er würde auch nicht preisgeben, was es war. Sein Leben hatte … sich verändert. Zum ersten Mal wollte er wirklich heiraten und eine Familie gründen. »Ich hoffe, ich finde ebenso mühelos eine Frau wie du.«

»Eine Frau zu finden ist so leicht, wie du Dir die Sache machst. Die *richtige* Frau zu finden, ist schwieriger.«

Lucas riss den Blick zu seinem Freund herum, den er als junger Mann kennengelernt hatte. Roth war nur drei Jahre älter als er, doch er hatte einen führenden Einfluss auf Lucas gehabt, als dieser gelernt hatte, sich in London zurechtzufinden. Nach einigen Jahren der Extravaganz und des Amüsements war Roths Vater gestorben und Roth hatte fast sofort geheiratet. Er wirkte glücklich oder zumindest nicht *un*glücklich. Nie hatte er auf irgendein Missbehagen hingewiesen.

»Ich bin nicht ganz sicher, was du mir zu sagen oder zu raten versuchst«, meinte Lucas. »Wenn dem so ist, sei bitte deutlich, denn ich könnte jeden Rat gebrauchen, den ich bekommen kann.«

Roth erwiderte seinen Blick. »Übereile nichts. Sei dir so sicher, wie du dir nur sicher sein kannst.«

»Ist es das, was du dieses Mal tust?«, fragte Lucas leise.

»Ich gebe mir verdammt nochmal alle Mühe.« Er hob sein Glas zu einem scherzhaften Toast und Lucas tat dasselbe.

»Was heckt ihr Gentlemen denn hier aus?« Sir Godwin Kemp, der auf Roths anderen Seite saß, beugte sich fragend zu ihnen herüber. »Erheben Sie Anspruch auf gewisse Ladys?«

Roth runzelte die Stirn. »Das wäre wohl eher voreilig, nicht wahr?«

»Was, wenn wir alle hinter dem gleichen Rock her wären?« Sir Godwin lachte herzlich, während Roth und Lucas ihn einfach nur anstarrten.

Ihr Gastgeber räusperte sich am Kopfende des Tisches, ehe er sich erhob. »Ich habe Bruchstücke Ihrer Konversation gehört und ich muss Sie bitten, dass wir unsere … Pläne für die Hausparty nicht absprechen.«

Lord Pritchard, ein zweimaliger Witwer, der neben Cosford saß, und der mit Mitte Vierzig wahrscheinlich auch der Älteste unter den anwesenden Gentlemen war, meinte: »Sie wissen, dass die Ladys in diesem Moment genau das Gleiche besprechen wie wir.«

»Das bedeutet nicht, dass wir es auch tun müssen.« Cosford sah sich am Tisch um. »Allerdings bin ich sicher, dass Lady Cosford erfreut sein würde, über Ihre Pläne im Bilde zu sein, wenn Sie sie unter dem Siegel der Verschwiegenheit mit ihr teilen wollen – oder vielleicht haben Sie das bereits. Ich weiß, dass einige von Ihnen darauf hoffen, sich wieder zu verheiraten und vielleicht ist Ihre zukünftige Ehefrau unter uns.« Er lächelte breit. »Nichts würde meine Frau glücklicher machen, als Ihnen zu helfen, die Lady Ihrer Träume zu finden, um eine dauerhafte Verbindung einzugehen.«

Mit einem schelmischen Glitzern im Auge sah Sir Godwin am Tisch auf und ab. »Irgendwelche Wettvorschläge, ob es bei dieser Party zu einem Heiratsantrag kommt?«

»Keine Wetten«, gebot Cosford leicht verstimmt. »Lady

Cosford war eindeutig darüber. Das ist nicht das White's und wir haben kein Wettbuch. Amüsieren Sie sich diese Woche einfach und seien Sie keine Holzköpfe. Lady Cosford hat jeden von Ihnen aus einem bestimmten Grund ausgewählt und ich wäre aufs Gründlichste verstimmt, wenn einer von Ihnen sie enttäuschen würde.«

»Wir werden ihre Erwartungen erfüllen«, meinte Lucas mit erwartungsvollem Blick zu seinen Gefährten. »Nicht wahr?« Er hob sein Glas. »Auf Lady Cosford und ihre erquickliche … hilfreiche Party.«

»Hört! Hört!«, riefen mehrere Gentlemen. Alle hoben ihre Portweingläser, um anzustoßen.

Cosford setzte sich wieder und die Unterhaltung kam erneut in Gang.

Roth warf einen verstohlenen Blick über den Tisch, der wahrscheinlich Howell galt. »Ich bezweifele, dass dies alle zumindest von Spekulationen über andere Gäste abhalten wird.«

»Die Leute werden immer untereinander flüstern«, meinte Lucas. »Genau wie wir.« Er formte die Lippen zu einem schwachen Lächeln.

»Das ist wahr«, stimmte Roth zu. »Ich verspreche, dich zu informieren, sobald eine Lady mein Interesse geweckt hat. Auf diese Weise wirst du sie mir nicht stehlen.«

»Du glaubst, ich könnte das fertigbringen? Du bist ein Earl und ich bloß ein Viscount.«

»Du *wirst* einmal ein Earl sein. Außerdem hast du keine Töchter, die man in die Sache einbeziehen muss.«

Lucas hatte keine Kinder. Zumindest keine, die er als seine ausgeben konnte. Er hatte allerdings eine Tochter. Sie war das wundervolle Ergebnis aus seinem Arrangement mit seiner kurzzeitigen Mätresse, und Lucas war über seine tiefe Liebe zu ihr und seinem sehnlichen Wunsch schockiert, sie als sein eigenes Kind aufzuziehen.

Aber er würde sie ihrer Mutter nie fortnehmen und so unterstützte er die beiden so gut es ging, indem er ihnen ein komfortables Leben in Manchester finanzierte. Er zwang sich zu einem Lächeln. »Keine Töchter, sondern nur den Ruf eines früheren Draufgängers.«

»Bah, das wird niemanden davon abhalten, dich zu heiraten. Du hast kein Vermögen verspielt oder eine Schar Kinder gezeugt.«

Keine Schar, nein. Lucas umklammerte den Stiel seines Weinglases und biss den Kiefer zusammen. »Das habe ich nicht.«

Kurze Zeit später gruppierten sie sich, um sich zu den Ladys zu gesellen. Der Salon lag im hinteren Teil des Hauses mit Blick auf die hügelige Parklandschaft. Heute Abend war es hinter den Fenstern allerdings schwarz. Der Innenraum funkelte von Kerzen und Lampen, aber auch von Gelächter und Unterhaltungen.

Die Frauen waren über den Raum verteilt und die Möbel waren beiseitegeräumt worden, um Platz zum Tanzen zu schaffen. Eine Frau in den mittleren Jahren, bei der Lucas sicher war, dass sie nicht zu den Gästen gehörte, begab sich zum Pianoforte, während Lord Cosford seine Frau auf die Tanzfläche führte.

»Aufgepasst, wenn ich bitten darf«, meinte Lord Cosford laut. »Lady Cosford hat eine Ankündigung zu machen.«

Lady Cosford, die neben ihm stand, lächelte zu ihm auf, ehe sie das Wort an den Raum im Allgemeinen richtete. »Ehe wir den Tanz eröffnen, möchte ich Ihnen ankündigen, dass wir morgen nach dem Frühstück eine Talentshow veranstalten. Wenn Sie ein besonderes Talent haben, das Sie gern zeigen möchten, wenden Sie sich bitte heute Abend an mich. Es tut mir leid, dass das Wetter uns im Haus hält, aber es wird sehr unterhaltsam werden.«

Lucas unterdrückte ein Stöhnen.

»Kein Talent?« fragte Roth mit einem Schmunzeln.

»Keines, das mir einfallen will. Was um alles in der Welt sollen wir machen?«

»Du könntest eine Rede schwingen. Mir ist zu Ohren gekommen, dass du in den Commons gute Reden hältst.«

Lucas schnaubte. »Dabei würden alle einschlafen. Ich meine mich zu erinnern, dass du eine recht gute Singstimme hast.«

»Für derbe Balladen, die am besten in einer Taverne gesungen werden. Ich bezweifele, dass Lady Cosford einen solchen Beitrag zu schätzen wüsste.«

»Dies ist eine derbe Hausparty, nicht wahr?« lachte Lucas, und Roth gab ihm einen wohlmeinenden Schubs.

Lucas sah sich im Raum um und entdeckte Juliana, die mit einigen anderen Ladys zusammensaß. »Entschuldige mich, Roth.«

Ehe er sich eines Besseren besinnen konnte, ging er auf Juliana zu und setzte sein entwaffnendes Lächeln auf. »Mrs. Sheldon, würden Sie gern tanzen?«

Ein gereizter Ausdruck huschte über ihre Züge. Lucas wappnete sich. »Ich weiß, es ist schrecklich unhöflich, abzulehnen, aber ich fürchte, ich bin eine eher schlechte Tänzerin. Ich kann mich scheinbar nicht im Takt der Musik bewegen. Glauben Sie mir, Ihre Füße werden meine Ablehnung zu schätzen wissen.« Ihr Lächeln war spröde und recht matt, wenn er sich ein Urteil darüber erlauben sollte.

Anstatt sich geschlagen zu geben und wieder zu gehen, wurde Lucas beharrlich. So leicht würde er nicht aufgeben. »Dann eine Promenade?«

Juliana zauderte und die Frau neben ihr auf dem Sofa – Mrs. Hatcliff-Lind – schaute sie an. »Das können Sie nicht auch ablehnen.«

»Vermutlich nicht.« Juliana stand auf. »Also gut.«

Ehe er ihr seinen Arm anbieten konnte, ging sie schon auf

die Tür zu. »Wohin sollen wir gehen, da der Sturm uns daran hindert, im Garten zu flanieren?«

»Wir könnten einfach durch einige Räume schlendern«, schlug er vor. Hinter ihnen setzte die Musik ein.

»Oder wir könnten uns ein Getränk von dem Tablett dort drüben in der Ecke holen und es gut sein lassen.« Sie blitzte ihn mit einem weiteren aufgesetzten Lächeln an.

Er senkte die Stimme, während er sich umsah, um sicherzustellen, dass keiner nahe genug war, um sie zu hören. »Ich werde nicht aufgeben, bis Sie mir verziehen haben. Ich verspreche, dass ich nicht versuchen werde, Sie zu verführen.«

»Gut, denn das wäre vergeblich.«

»Obwohl ich eigentlich an der Reihe wäre, da Sie mich im *Pack Horse* verführt haben.«

Sie sog die Luft ein und er hätte wetten können, Hitze in ihrem Blick aufflackern zu sehen. »Das habe ich nicht. Das war eine … beiderseitige Verführung.«

»Reden Sie sich das nur ein, wenn Sie glauben, es hilft.« Er genoss dies nun wirklich. Oder besser ausgedrückt, genoss er das Aufblitzen verschiedener Emotionen in ihren Augen. Sie schien noch immer von ihm beeindruckt zu sein und trotz allem, was sie sagte, hoffte er, es wäre auf eine gute Art.

»Am *allerhilfreichsten* wäre es, wenn Sie mich in Ruhe zu ließen. Muss ich mit Lord und Lady Cosford sprechen?«

Er gaffte sie an. Vielleicht hasste sie ihn wirklich. »Und was würden Sie ihnen sagen?«

»Dass ich nicht in Ihrer Nähe sein will und sie alles tun müssen, um uns getrennt zu halten.«

»Das ist eher kindisch, nicht wahr?«

»Kindisch ist, dass Sie mich belästigen, nachdem ich Ihnen gesagt habe, dass ich nichts mit Ihnen zu tun haben will.«

Das war ein direkter Treffer. »Ich habe Sie wirklich verletzt«, meinte er leise. »Es tut mir schrecklich leid. Ich hätte Sie damals nicht einfach so verlassen sollen. Nicht ohne mit Ihnen gesprochen zu haben.« Hatte ihre Liebelei sie mehr beeinträchtig, als er erkannt hatte? Er war zu dem Schluss gekommen, dass sie ein dauerhaftes Mal bei ihm hinterlassen hatte. Vielleicht war es ihr ebenso ergangen. Vielleicht hatte sie dies sogar schon vor seinem Aufbruch gewusst, und er hatte ihr die Gelegenheit geraubt, ihm dies zu sagen.

Er wollte die Sache in Ordnung bringen, aber er musste akzeptieren, dass dies eventuell nicht möglich war. Zumindest nicht auf die Weise, wie er die Sache bereinigen wollte. »Wenn Sie möchten, dass ich Sie in Ruhe lasse, werde ich das tun.«

»So ist es.« Sie drehte sich zu den Getränken auf dem Tisch um. »Wenn Sie Ihre Meinung ändern, werden Sie mich das wissen lassen?«

»Ich werde es Ihnen überlassen, das herauszufinden«, entgegnete sie sardonisch. »Genießen Sie Ihren Abend, Mylord.«

»Sie können mich trotzdem noch Lucas nennen«, sagte er hinter ihr.

Nun, das war schlechter ausgegangen, als er sich vorgestellt hatte. Was um alles in der Welt sollte er während der restlichen Zeit der Hausparty unternehmen? Oder, was das anbelangte, seines Lebens? Juliana nach all dieser Zeit hier wiederzusehen, hatte etwas in ihm ausgelöst. Und das wollte er nicht sterben lassen.

KAPITEL 4

Nach seiner frustrierenden Begegnung mit Juliana am Vorabend, hatte Lucas sich in das Billardzimmer zurückgezogen, wo er sich dem Genuss einer nicht bekömmlichen Menge Brandy gewidmet hatte. Er überlegte, die Talentshow ausfallen zu lassen, doch dann entschied er, dass er nicht der einzige Gast sein wollte, der nicht daran teilnahm.

Er wartete allerdings bis zum letzten Moment, um den Ballsaal zu betreten. Alle saßen in Reihen auf ihren Stühlen vor dem Podium, auf dem Lady Cosford bereits stand. Es gab einen freien Stuhl in der letzten Reihe neben Roth. Eilig setzte Lucas sich hin.

»Ich dachte, du würdest es vielleicht nicht schaffen«, flüsterte Roth.

»Es war eine Entscheidung in letzter Minute.« Lucas konnte nicht anders, als nach Juliana Ausschau zu halten. Sie saß neben der Herzoginwitwe von Kendal.

Lady Cosford stellte den ersten Interpreten vor. Lord Satterfield würde einen Monolog von Hamlet zum Besten geben.

»Das dürfte unterhaltsam werden«, entgegnete Roth leise. »Er ist ein ausgezeichneter Redner bei den Lords.«

Lucas hatte den Earl reden hören und er stimmte ihm zu. Lord Satterfields Auftritt war in der Tat erstaunlich. Er endete mit einem lauten Applaus, der Lucas' Kopfschmerzen erneut erwachen ließ.

Lady Cosford kehrte auf das Podium zurück, um den nächsten Interpreten anzukündigen, und Lucas verbrachte die nächsten Aufritte mit dem Versuch, Juliana nicht anzustarren. Es wurde ein Lied vorgetragen, jongliert und ein Stück auf dem Pianoforte gespielt. Dann kündigte Lady Cosford ein Gedicht an, das von Lady Juliana Sheldon vorgetragen würde. Lucas setzte sich aufrechter und sein Blick war auf das Podium fixiert.

Obwohl Juliana moderne Kleidung trug, war ihr Haar auf altmodische Weise frisiert. Ein kunstvoller Knoten saß hoch oben an ihrem Hinterkopf und Kaskaden von Locken waren aus ihrer Stirn frisiert, die ihr über die Ohren fielen und ihre Wangen umschmeichelten. Der Anblick dieser Fülle um ihr Gesicht erinnerte Lucas daran, wie er ihr Haar damals im *Pack Horse* gelöst hatte. Himmel, allein beim Gedanken daran wurde er schon ganz hart.

Roth lehnte sich in seinem Stuhl vor. »Oh, das wird ein Spaß.«

»Warum sagst du das?«, fragte Lucas.

»Hör einfach zu«, flüsterte Roth.

Ihr Blick traf den seinen, und er hätte schwören können, dass in ihren Augen eine schelmische Boshaftigkeit funkelte.

Sie setzte zum Sprechen an:

> Amarantha liebreizend und hold
> Ach, flicht das schimmernde Haar nicht mehr!
> Wenn meine vorwitzige Hand oder mein Auge
> dich umkreist, lass es fliegen.

Lass es fliegen so unbeherrscht
Wie seinen stillen Verführer, den Wind,
Der seinen Liebling, den Osten, verlassen hat,
Um in dem würzigen Nest zu tollen.

Lieber Himmel, sie redete von Haar. Und sah ihn gerade oft genug an, um ihm deutlich zu machen, dass dies Absicht war. Denn er war in ihr Haar vernarrt. Sie befingerte die Locken um ihr Gesicht und verengte die Augen auf eine verführerische Weise zu Schlitzen.

Jede Strähne soll verworren sein
Aber im besten Fall hübsch verwoben;
Wie ein Hauch aus goldenem Zwirn,
Vorzüglichst geknüpft.

Winde dann nicht das Licht
In Bändern oder Wolken über Nacht;
Wie die Sonne im ersten Strahl,
sondern schüttle das Haupt und zerstreue
    den Tag.

Sie streichelte zart über ihre Wange und dann strich sie mit der Hand an ihrem Hals entlang. Ihre Berührung war aufreizend und erregend – zumindest für Lucas. Sie quälte ihn. Absichtlich. Er war vollkommen gefesselt.

Seht, sie sind zerbrochen! In diesem Hain
Die Laube und die Pfade der Liebe,
Müde liegen wir darnieder und rasten,
Und fächeln einander die keuchende Brust.

Sie streckte die Hände aus und mit ihren langen Fingern

tastete sie suchend nach einem imaginären Geliebten. Er merkte, dass er wie das Paar in dem Gedicht beinahe keuchte.

> Hier werden wir uns entkleiden und unser
> Feuer kühlen
> In Sahne unten, in Milchbädern weiter oben

Ihre grünen Augen waren mit einer brennenden Intensität auf ihn gerichtet und forderten ihn auf, den Blick abzuwenden. Das konnte er nicht. Heiliger Himmel, er war steinhart. Er vernahm einen scharf eingezogenen Atemzug, der irgendwo vor ihm getätigt wurde und erkannte, dass er mit seiner Reaktion nicht allein war. Lächerlicherweise stieg die Eifersucht in ihm auf.

> Und wenn alle Brunnen ausgetrocknet sind,
> werde ich eine Träne aus deinem Auge trinken,

Ausgetrocknet. Sein Mund war wirklich trocken. Und er wollte einen weiteren Teil von sich auswringen, bis er so unfruchtbar war wie die Wüste. Er betete, das Gedicht möge bald zu Ende sein, und gleichzeitig wollte er doch, dass es nie enden würde.

> Dass unsere Freude uns verlassen muss
> Dass der Kummer uns so täuschen kann;
> Oder unsere eigenen Sorgen weinen,
> Dass Freuden so reif, so wenig bewahren.

Juliana verbeugte sich, und als ihre Augen kurz auf Lucas verweilten, lag ein Ausdruck triumphierender Freude darin. Sie hatte dieses Gedicht ganz bewusst gewählt – ihr Haar und das Beharren des Mannes darauf, dass sie jetzt ein Paar wurden. Allerdings hatte ihre Liebelei auf Gegenseitigkeit beruht. Tatsächlich war sie die Anstifterin gewesen. Nicht, dass er nicht ein williger und hoffnungsvoller Teilnehmer gewesen wäre.

Stille hatte den Ballsaal erfasst. Nein, es war nicht ganz still. Lucas glaubte, schweres Atmen und Herzklopfen zu hören, aber wie sollte er bei dem rasenden Tempo seines eigenen Herzschlags etwas hören?

Endlich brach der Applaus aus. Howell richtete sich auf. »Wunderbar! Einfach wunderbar!«

Lucas knirschte mit den Zähnen. Er wollte Howell mitteilen, dass das Gedicht nicht für ihn bestimmt gewesen war. Ein kurzer Blick durch die Stuhlreihen schien zu zeigen, dass Howell nicht der Einzige war, der von Julianas Rezitation begeistert war.

»Das war brillant«, schwärmte Roth. »Ich kann mir kein Gedicht vorstellen, das sich besser zum Vortragen auf einer Party wie dieser eignet, du etwa?«

Lucas hatte noch nie viel Poesie gelesen. »Mir fällt überhaupt kein Gedicht ein.« Aber dieses eine hatte ihn wahrscheinlich für alle anderen Gedichte verdorben. Lucas bemerkte, dass Roth ihn aufmerksam ansah.

»Sie hat dich in ihren Bann gezogen«, stellte Roth mit erstaunter Stimme fest.

»Sie hat alle in ihren Bann gezogen. Selbst den Ladys scheint die Luft weggeblieben zu sein.«

»Es ist ein aufreizendes Stück. Du solltest es mal gesungen hören – absolut köstlich.« Ein seliges Lächeln heiterte Roths Gesicht auf. »Ich wage zu behaupten, dass Mrs. Sheldon nach dieser Vorstellung mehrere Verehrer haben wird.«

Lucas runzelte die Stirn.

»Bist du anderer Meinung?«, erkundigte Roth sich. »Sie ist schön, scheint klug zu sein, und sie hat etwas Besonderes an sich, finde ich.« Er blickte zum Podium, wo sich Lady Cosford zu Juliana gesellt hatte. »Sie strahlt eine Selbstsicherheit aus, die außerordentlich anziehend ist.«

»Bist du einer dieser Verehrer?«, fragte Lucas leicht verstimmt. Er wollte gewiss nicht mit einem seiner engsten Freunde konkurrieren. Vor allem, wenn dieser Freund sich eine Frau mehr wünschte oder brauchte als Lucas. Aber verflucht, Juliana war die Seine. Oder das war sie zumindest gewesen.

Nein, du hast eine wundervolle Nacht mit ihr verbracht. Das macht sie nicht zu der Deinen, wie sie dich auch nicht zu dem Ihren macht.

»Es ist ein bisschen zu früh, sich an eine Person zu binden, denke ich.« Roth warf ihm einen kurzen Blick zu. »Für mich jedenfalls. Ich muss umsichtig sein, wenn ich heirate.«

Denn er war mehr auf der Suche nach einer Mutter als nach einer Ehefrau. Lucas hatte ihm geraten, nach einer Frau zu suchen, die beides sei, denn eine Gefährtin in der Elternschaft war genauso wichtig wie die Gefährtin in der Ehe.

Das war etwas, das Lucas wichtig war. Er hatte die feste Absicht, ein guter Vater zu werden.

»Aber es scheint, als wolltest du bei Mrs. Sheldon im Vordergrund ihrer Aufmerksamkeit stehen.«

Lucas überlegte, ob er Roth über die Sache ins Bild setzen sollte, die sich vor fast zwei Jahren ereignet hatte, doch dann tat er es doch nicht, da der nächste Interpret auf das Podium kam. Er beobachtete, wie Juliana ihren Platz wieder einnahm, und stellte fest, dass er nicht der Einzige war, der jede ihrer Bewegungen verfolgte.

Es wäre aussichtslos, sie jetzt noch für sich gewinnen zu

wollen, nachdem sie ihn eindeutig verabscheute und Annäherungsversuche von allen Seiten abwehren würde. Ihre Vorstellung war verdammt erregend gewesen. Und obwohl sie es für ihn getan hatte, war es nicht ihre Absicht, seine Erregung zu befriedigen. Es war ganz einfach pure Quälerei.

Er musste über sie hinwegkommen. Das würde sich als verflixt schwer erweisen, da er Juliana mehr als je zuvor begehrte.

~

*J*uliana war sich deutlich bewusst, wie aufreizend die Zuhörer ihren Vortrag empfunden hatten. Als sie zum Schluss kam, war sie beinahe außer Atem gewesen. Das war allerdings der Tatsache geschuldet, dass sie auf eine Person merklich Eindruck gemacht hatte: den Ausgerissenen Viscount.

Sie hatte ihr Ziel erreicht, und nur das zählte. Dass sie sich nun von fast allen männlichen Gästen bedrängt fühlte, hatte sie sich selbst zuzuschreiben.

Als sie sich einen Blick in Lucas Richtung stahl, sah sie ihn mit dem Earl of Rotherham zusammen stehen. Stirnrunzelnd sah Lucas sie an. Gefiel es ihm nicht, dass sie so viel Aufmerksamkeit erregte? Sie wusste ganz genau, mit welcher Stichelei sie ihn als Nächstes traktieren konnte.

»Mrs. Sheldon, Ihr Vortrag war überaus erhellend«, bemerkte Mr. Howell und trat dicht an ihre Seite.

»Ich danke Ihnen.« Sie klimperte ihn mit den Wimpern an. »Es freut mich, dass es Ihnen gefallen hat.«

Ein anderer Gentleman, Mr. Emerson, neigte seinen Kopf zu ihr. »Spektakulärer Auftritt. Mein Favorit, was nicht heißen soll, dass die anderen nicht auch brillant waren.«

»Ich weiß Ihr Lob zu schätzen, Mr. Emerson«, meinte sie herzlich.

Vom Podium aus verkündete Lady Cosford, dass es im Salon Kartenspiel oder eine Führung durch die Orangerie geben würde, was einen raschen Lauf durch einen möglichen Regenschauer – den ganzen Tag über hatte es immer wieder geregnet – zum Außengebäude bedeuten würde.

»Würden Sie mich durch die Orangerie eskortieren?«, fragte sie an Mr. Emerson gewandt und bemerkte dabei Lucas, der in der Nähe der Tür stand. Sie würden direkt an ihm vorbeigehen müssen.

Überraschung blitzte kurz in Emersons Augen auf, die allerdings schnell durch Vorfreude ersetzt wurde. »Es wäre mir ein Vergnügen.« Er bot Juliana seinen Arm an.

Emerson war von mittlerer Größe, breitschultrig und ungefähr im gleichen Alter wie Juliana. Sein kastanienbraunes Haar war nach der neuesten Mode gestutzt, und seine braunen Augen schimmerten intelligent und herzlich. Juliana mochte ihn lieber als Howell, der sich aggressiver gab.

Juliana legte die Hand auf seinen Ärmel, und sie schritten zur Tür. Als sie an Lucas vorbeigingen, drehte Juliana den Kopf nicht zu ihm. Sie beobachtete ihn jedoch aus den Augenwinkeln. Er blickte finster drein.

Emerson führte sie aus dem Ballsaal. »Wie haben Sie dieses Gedicht ausgewählt?«

Die Wahrheit konnte sie ihm unmöglich sagen: dass sie dachte, Lucas damit zu provozieren. »Es schien mir für diese Party angemessen.«

Er schmunzelte. »Das ist es tatsächlich. Wie ich sehe, haben Sie Ihr Haar an die Zeit angepasst, in der Lovelace das Gedicht verfasst hat.«

Sie berührte ihren Hinterkopf und nickte, erfreut darüber, dass er es bemerkt hatte. »Das habe ich.«

»Vielleicht bringen Sie es wieder in Mode«, meinte er

lächelnd, als er die Tür zu dem Gehweg öffnete, der zur Orangerie führte. »Wir sollten uns beeilen.«

Rasch schritten sie zur Orangerie und gingen schnell hinein. Es hatten sich bereits einige andere Gäste hier versammelt.

Lord Cosford trat in Erscheinung. »Sie sind für die Besichtigung gekommen. Die Orangerie ist nicht sonderlich groß, also ist es leider keine richtige Führung. Es steht Ihnen frei, sich zwischen den Pflanzen zu bewegen, die wir für den Winter hergebracht haben. Die Orangenbäume befinden sich am anderen Ende.«

»Sollen wir uns die Orangenbäume ansehen?«, fragte Emerson.

»Freilich«, murmelte Juliana und schaute zur Tür zurück, um festzustellen, ob Lucas ihr gefolgt war.

Wünschte sie sich das von ihm? Dafür, dass sie gesagt hatte, nichts mit ihm zu tun haben zu wollen, schenkte sie ihm einen Großteil ihrer Aufmerksamkeit. Wie viel Folter würde das Maß vollmachen? Sie war sich nicht sicher, aber zuversichtlich, dies zu wissen, wenn sie diesen Punkt erreichte.

Vielleicht musste sie sich von einem anderen Mann ablenken lassen. Um sich wirklich *nicht* für Lucas zu interessieren.

Als sie sich auf die Orangenbäume zu bewegten, vernahm sie hinter sich ein heiseres Lachen. Als sie den Kopf drehte, sah sie Lucas, der gekommen war. Und er war nicht allein. Die äußerst attraktive Mrs. Wynne-Hargest hing an seinem Arm. Die Waliserin war mit einer Fülle von Kurven ausgestattet und sie hatte ein reizendes Gesicht, das die Männer garantiert mühelos in ihren Bann zog. Darüber hinaus war sie sehr charmant und geistreich. Juliana hatte sie sofort gemocht, als sie sich kennenlernten. Eigentlich mochte Juliana alle anwesenden Ladys.

Doch als sie an Lucas' Arm hing und ihn mit einem koketten Lächeln anhimmelte, wollte Juliana sie am liebsten beiseiteschieben und ihren Platz einnehmen. Nein! Das wollte sie nicht. Sie wollte nur seine volle Aufmerksamkeit, damit sie ihn dazu bringen konnte, sich schlecht zu fühlen.

»Wissen Sie, wie viele Orangenbäume hier stehen?«, fragte Juliana laut genug, dass Lucas sie hören konnte. Vermutlich wollte sie, dass er ihr folgte.

»Das tue ich nicht. Wir werden es in Kürze herausfinden«, meinte Emerson, als sie inmitten der übrigen Vegetation flanierten. Bald waren sie am anderen Ende der Orangerie angekommen und hatten ihre Antwort gefunden. »Es sieht aus, als seien es sechs.«

»Sind dort Orangen dran?« Dies kam von Mrs. Wynne-Hargest, als Lucas und sie hinter ihnen ankamen. Sie zog Lucas zu einem der Bäume weiter. »Ich sehe eine.«

»Sollen wir sie pflücken?«, fragte er mit leicht neckendem Tonfall.

»Wir sollten sie zuerst pflücken«, meinte Juliana zu Emerson, dessen Arm sie fester umfasste, als Lucas in ihre Richtung blickte.

»Ich pflücke sie für Sie, wenn Sie möchten«, antwortete Emerson, ehe er in einem leiseren Tonfall hinzufügte: »Ich mag Orangen eigentlich nicht. Sie machen Runzeln auf meinem Gesicht.« Er machte es vor, woraufhin Juliana aufrichtig lachen musste.

»Das ist nicht hilfreich, wenn Sie sich auf einer Party befinden, wo sie sich, nun, von Ihrer besten Seite zeigen wollen.«

»Das ist genau mein Gedanke«, entgegnete er grinsend.

»Ich denke, wir sollten sie dranlassen«, schlug Mrs. Wynne-Hargest vor. »Dies ist eine Tour und keine Ernte. Vielleicht hat Lady Cosford andere Pläne damit. Ich bin jedenfalls begierig, Karten zu spielen. Noch jemand?«

»Ich ebenfalls«, schloss sich Emerson mit einem Nicken an.

»Dann lassen Sie uns zum Haus zurückkehren«, meinte Lucas, der mit Mrs. Wynne-Hargest kehrtmachte. Er warf Juliana einen selbstgefälligen Blick zu und sie hätte beinahe die Augen verdreht.

»Ich sollte Lady Cosford bitten, Sorge dafür zu tragen, dass wir beim Dinner zusammensitzen«, meinte Juliana zu Emerson, als sie Lucas und Mrs. Wynne-Hargest zurück zur Tür folgten.

»Das würde mir sehr gefallen.«

»Ich werde das Gleiche tun«, meinte Lucas zu Mrs. Wynne-Hargest. »Ich freue mich schon darauf, unsere Bekanntschaft zu vertiefen.«

Sie verließen die Orangerie und stellten fest, dass es aufgehört hatte, zu regnen, also bestand keine Eile, zum Haus zurückzukehren.

Juliana sah sehnsüchtig zum Park. »Hoffentlich werden wir bald reiten können.« Sie vermisste ihre täglichen Ausritte auf Clio.

»Sie reiten gern?«, fragte Emerson.

»Das tue ich.«

Lucas hielt die Tür für Juliana und Emerson auf, der ihm dankte. Sie setzten ihren Weg zum Salon fort, doch Juliana hielt inne, ehe sie hineingingen. Dann nahm sie die Hand von Emersons Arm und meinte: »Hier werde ich Sie verlassen. Ich bin nicht richtig in Stimmung für Karten. Ich habe die Bibliothek meinen Namen rufen hören.«

Emerson furchte die Stirn. Er war eindeutig enttäuscht. »Bis später dann.« Er nahm ihre Hand und gab ihr einen Kuss auf die Rückseite.

»Ich bin vor Vorfreude ganz außer Atem«, gab Juliana zurück. Sie drehte sich um und schritt auf die Bibliothek zu, ohne darauf zu hören, was Mrs. Wynne-Hargest und Lucas einander sagten.

Sobald sie in der Bibliothek war, schüttelte Juliana ihre Schultern und stieß einen langen Atemzug aus. Vielleicht benahm sie sich schlecht. Lucas weiter zu traktieren war sinnlos. Es war allerdings ungemein befriedigend.

»Ihr Gedicht war überaus erregend.« Juliana erschrak sich und ließ beinahe das Buch fallen, das sie gerade aus dem Regal genommen hatte. Sie wirbelte herum und drückte das Buch an ihre Brust. »Sie sind mir gefolgt. Schon wieder.«

Lucas zog eine seiner hellbraunen Brauen hoch. »Ich wollte mir ein Buch holen.«

»Und Sie waren vom Drang überkommen, die Orangerie zu besichtigen?«

Er zuckte mit den Schultern. »Mrs. Wynne-Hargest hatte einen Begleiter gebraucht.«

»Ich bin überrascht, dass Sie ihr nicht beim Kartenspielen Gesellschaft leisten.«

Er schlenderte auf sie zu. »Ich bin überrascht, dass Sie nicht an Emerson hängen, nachdem Sie ihn in die Orangerie geschleift haben.«

»Das war kein *Schleifen*. Er war vollkommen entgegenkommend.«

»Natürlich war er das. Sie haben ihn bei der Talentshow mit Ihrer provokativen Rezitation in Ihren Bann geschlagen. Ich bezweifle, dass irgendjemand Ihre Einladung abgelehnt hätte. Ich würde das nicht getan haben.«

»Sie wären nicht eingeladen worden.«

»Kann das wahr sein?« Er lächelte beinahe. »Ich war sicher, dass Sie das Gedicht direkt mir vorgetragen haben.«

»So etwas habe ich nicht getan.«

Er tat ein paar Schritte, bis er dicht bei ihr stand, und lehnte sich mit der Schulter gegen das Bücherregal. »Lügnerin. Sie haben ein verführerisches Gedicht über *Haar* ausgewählt. Schauen Sie mir in die Augen und sagen Sie mir, dass Sie nicht an unsere Nacht im *Pack Horse* gedacht haben.«

Juliana näherte sich ihm und fing seinen Blick auf. »Ich habe *nicht* an das *Pack Horse* gedacht. Oder an *Sie*.« Lügen, Lügen, Lügen. Sie war eine lügende Lügnerin. Und er wusste es.

Er musterte sie einen Moment mit hungrigem Blick. »Diese Frisur steht Ihnen ausgezeichnet. Ihr Haar ist offen, aber auch nicht. Es ist absolut faszinierend. Wie lange genau haben Sie vor, mich zu quälen?«

In diesem Moment fragte sich Juliana, ob sie sich nicht auch selbst quälte. Wenn sie beim Vortragen ihres Gedichtes nicht an ihre Liebelei gedacht hatte – und das hatte sie ganz bestimmt, würde sie es jetzt tun. Ihr Verstand war von der Erinnerung an seinen Kuss, seine Berührung und seinen Atem erfüllt, als er ihren Körper gehuldigt hatte. Dann hatte er sie ohne ein Wort verlassen.

»Das habe ich noch nicht entschieden«, entgegnete sie mit erhobenem Kinn. »Sie haben ein großes Maß an Qual verdient.«

Er griff in das Regal hinter ihr und brachte seinen Körper damit vor den ihren, sodass sie sich beinahe berührten. Juliana presste sich gegen die Bücher, obwohl sie sich mit jeder Faser ihres Körpers an ihn lehnen wollte.

»Das habe ich verdient«, sagte er leise mit seinen Lippen dicht an ihrem Ohr. »Bitte fahren Sie fort. Ich fange an, es zu genießen. «

Er zog ein Buch aus dem Regal und wich vor ihr zurück, womit er sie so weit brachte, dass sie fast vor Begierde keuchte. Zumindest innerlich. Sie strengte sich nach Kräften an, ihren Körper so steif wie möglich zu halten und ihre Züge ausdruckslos.

Er sah ihr in die Augen und das zufriedene Lächeln, das

seine Lippen umspielte, zeigte ihr, dass sie nicht ganz erfolgreich gewesen war.

»Ich sehe Sie dann beim Dinner.«

Eine heitere Melodie pfeifend marschierte er aus der Bibliothek. Pfeifend!

Juliana biss die Zähne zusammen. Wie konnte er es wagen, sie zu necken?

Sie würde ihn beim Dinner sehen und sie würde gnadenlos sein.

KAPITEL 5

Als Lucas die Treppe zum Dinner herabkam, bemühte er sich, nicht daran zu denken, wie kurz davor er gewesen war, Juliana in der Bibliothek zu küssen oder an seine starke Vermutung, dass sie genau das gewollt hatte. Die vergangene, draufgängerische Version seiner selbst hätte dies ohne zu zögern getan. Er präsentierte ihr jedoch eine Kostprobe ihrer eigenen Art der Bestrafung, und nach der Leidenschaft in ihrem Blick zu urteilen, war er erfolgreich.

Lucas lächelte in sich hinein, als er sich auf den Weg zum Speisesaal machte. Lady Cosford fing ihn ab.

»Lord Audlington, Sie sehen so zufrieden aus. Ich hoffe, das bedeutet, Sie amüsieren sich gut.«

»Das tue ich, danke. Sie haben eine reizende Gästeschar hier vereint, und Ihr Unterhaltungsprogramm ist unübertroffen.«

Sie prustete ein wenig. »Ich danke Ihnen. Der morgige Tag wird *sehr* unterhaltsam werden. Sie werden nichts verpassen wollen.«

»Worauf dürfen wir uns denn freuen?«

Kopfschüttelnd presste sie die Lippen kurz aufeinander. »Ich werde meine Geheimnisse noch nicht preisgeben. Sie müssen einfach abwarten und sich überraschen lassen. In der Zwischenzeit habe ich Sie auf Ihren Wunsch hin neben Mrs. Wynne-Hargest platziert. Und auch neben Mrs. Dunthorpe, von der ich annehme, dass sie an einer Eheschließung interessiert ist. Da ich weiß, dass dies auch Ihr Bestreben ist, dachte ich, dass Sie sich gegenseitig kennen lernen mögen.«

Lucas verspürte eine Woge der Enttäuschung herannahen, die er schnell beiseiteschob. »Hat sie Ihnen mitgeteilt, dass das ihre Absicht sei?«

»Nein. Keine der Ladys hat tatsächlich den Wunsch geäußert, zu heiraten. Da sie alle Witwen sind, ist auch nichts anderes zu erwarten. Aber Mrs. Dunthorpe hat ein liebenswertes und aufmerksames Wesen. Sie ist eine ausgezeichnete Zuhörerin, und ich wage zu behaupten, dass sie eine exzellente Ehefrau abgeben würde.«

»Das ist gut zu wissen«, entgegnete er mit einem freundlichen Lächeln.

Lady Cosford senkte ihre Stimme und rückte noch ein Stück dichter zu ihm. »Ich bin mir ziemlich sicher, dass es hier zumindest einige Ladys gibt, die unter den passenden Umständen eine Wiederverheiratung in Betracht ziehen könnten. Und Sie sind mit Ihrem Ehrentitel und dem bevorstehenden Stand eines Earls in einer guten Position für eine solche Verbindung.« Sie zwinkerte ihm zu.

Es klang nach Habgier, und doch wusste er, dass Ehen häufig so funktionierten. Denjenigen, die am meisten zu bieten hatten, war oft der größte Erfolg beschieden. Er war das Zielobjekt zahlreicher Ehestifter gewesen – insbesondere in seinen jungen Jahren, ehe sich sein Ruf als Draufgänger manifestiert hatte.

»Ich weiß Ihre Unterstützung zu schätzen, Lady Cosford. Ich bin mir jedoch nicht sicher, ob ich meine zukünftige

Viscountess hier finden werde. Das muss ich auch nicht. Ich habe eine ganze Saison Zeit, die passende Partie zu finden.« Das ließ er so einfach klingen, als ob er kein dreiunddreißigjähriger Mann wäre, der viele Jahre vergeudet hatte.

Ein verzagter Ausdruck zeichnete sich auf ihren Zügen ab. »Hoffentlich sagen Sie das nicht, weil Sie alle mangelhaft finden.«

»Ganz und gar nicht. Falls ich meine zukünftige Frau hier kennenlernen sollte, werde ich Ihnen für ihre Bemühungen bei der Vermittlung überaus dankbar sein.«

Sie lachte. »Sie haben mich durchschaut. Nun ja, ich mag es, Menschen glücklich zu sehen. Ich hoffe, Sie erfreuen sich an Ihren Tischnachbarinnen.« Sie schenkte ihm ein Abschiedslächeln, als sie in Richtung Salon davonstrebte, wo sich alle Gäste vor dem Abendessen versammelten.

Er hatte gehofft, sich mit Juliana unterhalten zu können, doch sie sprach gerade mit Mr. Dryden auf der anderen Seite des Raumes.

»Guten Abend, Mylord.«

Lucas drehte sich um und stand Mrs. Wynne-Hargest gegenüber. Die dunklen Augen der Witwe funkelten, als sie ihn langsam musterte. Es war keine unverhohlene Einladung, aber nahe dran.

Der Butler kündigte das Dinner an, und Lucas bot Mrs. Wynne-Hargest den Arm an. Sie legte ihre Hand darum und drückte mit der Brust gegen seinen Ellbogen. Er fragte sich plötzlich, ob er mit seiner Bitte, neben ihr zu sitzen zu voreilig gewesen war.

Lucas rückte Mrs. Wynne-Hargest den Stuhl zurecht, ehe er sich umdrehte, um festzustellen, dass Sir Godwin Mrs. Dunthorpe auf ihren Platz half. Lucas wünschte ihr einen guten Abend, während er sich setzte.

Mrs. Dunthorpe war jünger als er, vielleicht sogar jünger als Juliana. Mit ihrem kastanienbraunen Haar, das zu einer eleganten Frisur drapiert war, und ihren schokoladenfarbenen Augen besaß sie eine Selbstbeherrschung, die ihn an Juliana erinnerte.

Welche ihm am Tisch direkt gegenüber saß.

Wie er, wurde auch sie von Mitgliedern des anderen Geschlechts flankiert. Emerson und Howell saßen zu beiden Seiten von ihr. Beide sahen recht erfreut über ihr Los aus. Howell bewunderte ihren Busen, während Emerson sich zu ihr beugte und etwas äußerte, das Lucas nicht verstehen konnte. Juliana lachte leise, und Lucas kam zu dem Schluss, dass dieses Dinner endlos werden würde.

Verflucht, er wollte an ihrer Seite sitzen, sich dicht an sie lehnen, und er wollte mehr tun, als nur ihre Brüste anzuschauen. Er hatte sie gehalten, sie geküsst, an ihnen gesaugt, bis sie seinen Namen gestöhnt hatte.

Lucas griff nach seinem Weinglas und trank einen sehr großen Schluck.

Als der erste Gang serviert wurde, beugte Mrs. Wynne-Hargest sich zu ihm. »Lady Cosford sagt, wir werden morgen eine besondere Version von Blindekuh spielen.«

Das musste das Geheimnis sein, auf das Lady Cosford angespielt hatte. Aber warum wusste Mrs. Wynne-Hargest davon? Wahrscheinlich, weil Frauen solche Dinge untereinander austauschten. Oder etwa nicht?

Er lächelte Mrs. Wynne-Hargest an. »Worüber reden Sie sonst noch, wenn wir nicht dabei sind?«

Sie wedelte mit ihrem Suppenlöffel. »Über Sie alle natürlich. Sagen Sie mir nicht, dass Sie das nicht auch tun. Wie viele Wetten wurden schon über den Ausgang dieser Party abgeschlossen?«

»Ich weiß es ehrlich gesagt nicht. Ich habe keine abgeschlossen.«

»Aber *sind denn* welche abgeschlossen worden?«

»Das kann ich nicht sagen, aber Lord Cosford meinte,

dass uns das nicht erlaubt ist. Schließen die Ladys Wetten ab?«

»Natürlich nicht!« Sie lehnte sich wieder dichter heran. »Nur ein kleines bisschen, aber das haben Sie nicht von mir gehört und informieren Sie Lady Cosford nicht. Sie hat uns ebenfalls gebeten, davon abzusehen.«

»Von mir wird sie nichts erfahren.« Lucas sah zu Juliana hinüber, die sich alle Mühe gab, sich mit beiden, neben ihr sitzenden Männern zu unterhalten. »Ich würde kein Wort zu irgendjemandem sagen, insbesondere, wenn Sie mir verraten, was über mich geredet wird.« Genaugenommen wollte er erfahren, was Juliana sagte, aber so weit würde er in seiner Befragung nicht gehen.

»Pressen Sie etwa Informationen aus mir heraus?« Sie stieß ein leises, kehliges Lachen aus.

»Niemals«, entrüstete er sich schwach. »Aber vielleicht können wir geheime Informationen austauschen. Ich kann Ihnen sagen, dass Sie als wunderschön und begehrenswert erachtet werden.«

»Und das sagt der Draufgänger, als den wir Sie alle kennen.«

»Das *war* ich einmal. Ich bin geläutert.« Er löffelte seine Suppe.

Sie zog einen Schmollmund. »Wie langweilig. Wir konnten uns nicht ganz einigen, ob Sie hier auf der Suche nach einer Frau sind, oder ob Sie die Absicht haben, Ihre ausschweifende Lebensweise fortzusetzen. Scheinbar trifft Ersteres zu, während ich auf Letzteres gehofft hatte.«

Das klang, als ob Juliana kein Wort über ihn verloren hatte. Oder Mrs. Wynne-Hargest hatte es nicht gehört. »Kommen Sie schon, ausschweifend ist exzessiv, meinen Sie nicht?«

Er trank noch mehr Wein und versuchte zu lauschen, was auf der anderen Tischseite geredet wurde.

»Ich würde es erregend nennen«, meinte Howell laut genug, dass Lucas ihn hören konnte.

Juliana lachte leise, doch dann lenkte sie ihre Aufmerksamkeit auf Emerson. Sie warf auch einen Blick zu Lucas und bemerkte, dass er sie beobachtete, worauf sie unverzüglich den Blick abwandte.

Die restliche Zeit des Gangs verbrachte er im Gespräch mit Mrs. Dunthorpe und er beäugte Juliana so oft er es wagen konnte.

Während des nächsten Gangs bemerkte Lucas, dass Howell sich immer näher zu Juliana lehnte. Ihre Gesprächsbereitschaft zu ihm nahm immer weiter ab, bis sie sich schließlich zur Wehr zu setzen schien. Sie drehte den Kopf ruckartig in Howells Richtung und sagte etwas Eindringliches zu ihm. Lucas erkannte diesen Ausdruck und insbesondere diese Furchen zwischen ihren Augenbrauen, denn sie hatte diesen Ausdruck während der Party ihm gegenüber zur Anwendung gebracht: Sie war auf Howell ärgerlich.

Lucas umklammerte sein Weinglas, damit er nicht aufsprang und stattdessen Howell packen würde. Wenn er sie auf irgendeine Weise beleidigte, würde er sich Lucas gegenüber verantworten müssen.

Oh, Himmel. Lucas war nicht ihr Beschützer. Und er war auch nicht ihr Liebhaber. Und ganz bestimmt war er nicht ihr Verlobter oder Ehemann.

Howell wurde um eine oder zwei Schattierungen blasser und murmelte etwas. Juliana wandte nun ihre volle Aufmerksamkeit, zu der auch ein strahlendes Lächeln gehörte, das in völligem Widerspruch zu ihrem vorherigen Ausdruck stand, dem Glückspilz Emerson zu.

Endlich wurde das Dessert serviert, und Lucas fühlte sich, als ob er sich dem Finale eines langen und anstrengenden Rennens näherte. Es war ein Ritt auf einer Ziege. Über einen Berg. In einem Schneesturm.

Howell fing neuerlich ein Gespräch mit Juliana an, doch diesmal mit einer gemäßigteren, respektvolleren Stimme. Was auch immer sie ihm gegenüber geäußert hatte, war nicht ohne Wirkung geblieben.

»Ich hoffe, Sie heben mir später einen Tanz auf«, meinte Mrs. Wynne-Hargest und lenkte damit Lucas' Aufmerksamkeit auf sie.

»Gewiss.« Er gab ihr Antwort, ohne nachzudenken. Auf das Tanzen hatte er keine besondere Lust. Lieber wollte er mit Howell ins Freie gehen und ihm eine Abreibung verpassen.

Das Dinner war vorbei und die Ladys begaben sich in den Salon. Lucas beschloss, dass er auch nicht bleiben würde. Als er sich erhob, wäre er beinahe mit Roth zusammengestoßen, der offenbar vom anderen Ende des Tisches herankam, an dem er gesessen hatte.

»Ich wollte mich zu dir setzen«, meinte Roth. »Bleibst du nicht?«

»Mir steht der Sinn nicht nach Portwein.« Er wollte etwas Stärkeres. Irgendwo musste es doch Whisky geben.

»Ich bin sicher, dass Cosford der Dienerschaft auftragen wird, dir zu bringen, was immer du trinken willst.«

Es war nicht nur der verdammte Alkohol. »Ich möchte nicht bleiben.«

»Du wirkst erregt. Ist etwas vorgefallen?«

Nur, dass er ein Idiot gewesen war und er sich etwas Wundervolles durch die Lappen hatte gehen lassen. »Ich sehe dich später.«

Lucas verließ den Raum und sorgte damit wahrscheinlich für Aufruhr unter den Gentlemen. Vor dem Speisesaal blieb unschlüssig stehen, denn er wusste nicht, wohin er gehen sollte. Sein Blick schweifte in Richtung Salon. In dem Juliana sich aufhalten würde.

Zu seinem Bedauern gab es dort wahrscheinlich keinen

Whisky. Außerdem würde er Aufregung unter den Ladys verursachen, die ihre Zeit unter ihresgleichen erwarteten und schätzten, die sie verbringen konnten, ohne die Männer erdulden zu müssen. Er machte auf dem Absatz kehrt und schlenderte zur Bibliothek, denn er war recht sicher, dass er dort einen Barschrank oder zumindest ein Tablett gesehen hatte.

Die Bibliothek war ein riesiger Raum mit hohen Regalen, die mit einer bemerkenswerten Büchersammlung bestückt waren. Es gab mehrere Sitzgelegenheiten im Raum, darunter auch einige Nischen zwischen den Regalen. Lucas glaubte, den Alkohol gegenüber dem großen Kamin bemerkt zu haben.

Noch ehe er sein Ziel erreichte, blieb er abrupt stehen, denn er war nicht allein. Ihm war ein Aufblitzen von etwas Grünem im hintersten Winkel aufgefallen. Nur eine Lady hatte heute Abend diese Farbe getragen.

Seine Füße trugen ihn wie von selbst zu ihr, und als sie schließlich seine Anwesenheit bemerkte, drehte sie sich vom Regal weg. Ihre grünen Augen, die durch die Farbe ihres Kleides noch hervorgehoben wurden, glitten über ihn hinweg und ließen seinen Atem stocken. »Sie sind mir wieder in die Bibliothek gefolgt.«

»Nein, das bin ich nicht. Ich wollte lediglich dem Speisesaal entfliehen und kam auf der Suche nach Whisky hierher. Ich meine mich zu erinnern, dass es hier ein Sortiment an Spirituosen gab.«

Sie deutete mit dem Kopf quer durch den Raum. »Es befindet sich dort drüben.«

Er blickte in die Richtung, in die sie gedeutet hatte. »So ist es.«

»Warum wollten Sie aus dem Speisesaal fliehen?«

»Entweder das oder ich hätte Howell niedergeschlagen. Ich kam zu dem Schluss, dass dies die sicherere Wahl war.«

Ihre Augen wurden ein wenig schmaler. »Warum wollten Sie das tun?«

»Er hat Sie offensichtlich belästigt.«

»Das hat er, aber ich habe ihn zurechtgewiesen.« Sie wirkte stolz auf sich.

Lucas konnte sich ein Lächeln nicht verkneifen. »Ich würde zu gern wissen, was Sie zu ihm gesagt haben.«

»Er hat seinen Schenkel immer wieder gegen meinen gedrückt, und die Frechheit besessen, seine Hand auf mein Knie zu legen. Ich habe ihn informiert, dass ich, wenn er nicht aufhört, meine Gabel zum Einsatz bringen würde, um seinen Handrücken, sein Bein und vielleicht andere, intimere Körperteile zu durchbohren. Er hat mich nicht mehr angefasst.«

Lucas brach in Gelächter aus und hätte sie beinahe in die Arme genommen, um ihr einen ehrenhaften Kuss zu geben. Er musste sich ermahnen, dass ihre Beziehung nicht von dieser Art war, ganz egal wie sehr er dies herbeisehnte. Wollte er das denn?

O ja. Er wollte sie um jeden Preis. Er wollte einfach mit ihr zusammen sein. Selbst wenn sie ihn quälte, fühlte er sich so lebendig wie schon ewig nicht mehr. Seit ihrer letzten Begegnung, um genau zu sein. Als er die Sache vollkommen verbockt hatte.

Aber woher sollte er wissen, die Frau getroffen zu haben, die seinen Körper und Geist fesseln würde? Vielleicht sogar seine Seele. Bis zu diesem Augenblick war ihm dies nicht aufgegangen. Das Schicksal hatte eingegriffen und sie wieder zusammengeführt. Dessen war er sich sicher.

Er ernüchterte und blickte sie aufmerksam und wahrscheinlich mit einem offensichtlichen Hunger an. »Sie sind ein Wunderwerk. Ich bewundere Ihre Stärke und Selbstsicherheit.«

Sie zog eine Augenbraue hoch. »Weil ich gedroht habe, ihn zu attackieren?«

»Weil Sie fähig, geistreich und leidenschaftlich sind – ganz gleich, ob Sie einen übereifrigen Wüstling in die Schranken weisen oder einen unhöflichen Schuft zu Recht quälen.«

»Ich habe Ihnen einen Spitznamen verliehen, und das ist er nicht. Sie sind der Ausgerissene Viscount.« Sie hielt auf den Barschrank zu, und er folgte ihr. Nicht, weil er den Whisky suchte, sondern weil er überallhin gegangen wäre, wohin sie ihn führte.

»Das ist einigermaßen zahm, wenn man bedenkt, was Sie für mich empfinden«, urteilte er.

Sie betrachtete die Flaschen auf dem Tablett, das auf dem Schrank stand. »Es ist zutreffend. Was denken Sie denn, was ich für Sie empfinde?« Sie drehte sich um und betrachtete ihn in kühler Erwartung. »Ich glaube, es gibt keinen Whisky.«

Lucas hatte Mühe, sich auf etwas anderes als sie zu konzentrieren. Sie war so verflixt verführerisch. Ob sie wohl eine Ahnung hatte, wie heftig er sie begehrte? Insbesondere, wenn sie ihn ansah, als ob sie ihn auslöschen wollte?

Er würde sie als leidenschaftlich bezeichnen und aus erster Hand wusste er, in welchem Ausmaß. Er wollte, dass sie sich bis ins Kleinste auf ihn konzentrierte.

Er zwang seinen Blick auf die Flaschen und traf eine rasche Entscheidung, ehe er eine auswählte. »Dann eben Rum.«

Er schenkte ein Glas ein, das er ihr reichte, und dann bediente er sich selbst. Nachdem er einen großzügigen Schluck getrunken hatte, fragte er frei heraus: »Haben Sie eine Liaison mit Emerson?«

»Das geht Sie nichts an.« Sie hob ihr Glas an die Lippen

und trank einen kleinen Schluck. Dann verzog sie als Reaktion darauf das Gesicht.

»Haben Sie noch nie zuvor Rum probiert?«

»Nein, aber ich probiere gern neue Dinge aus, wie beispielsweise diese Hausparty. Ich war noch nie auf einer gewesen. Ich habe auch noch nie einen Gentleman für sein schlechtes Benehmen zurechtgewiesen und ich gestehe, dass es Spaß gemacht hat.«

»Sie haben mehr als nur Ihren Standpunkt deutlich gemacht, aber wie ich sagte, genieße ich Ihre Aufmerksamkeit. Tatsächlich werde ich sie auf jegliche Weise nehmen, wie ich in ihren Genuss kommen kann.« Er trank einen weiteren Schluck. »Wenn Sie sich nicht mit einem anderen Gentleman eingelassen haben, dürfte ich mich vielleicht anbieten?« Was auch immer passierte, hatte er es wenigstens versucht. Diese Gelegenheit konnte er nicht einfach so verstreichen lassen.

Ihre Augen wurden ein wenig runder. »Sie bieten sich mir an, nachdem Sie mich vor beinahe zwei Jahren im *Pack Horse* im Stich gelassen haben?«

»Das ist ein bisschen übertrieben, nicht wahr? Ich habe einen Fehler gemacht. Ich hätte Sie nicht so zurücklassen sollen.« Er trat einen Schritt vor und verringerte den Abstand zwischen ihnen. »Ich fange an zu glauben, dass ich Sie nie hätte verlassen sollen.«

»Das ist absurd.«

»Das denke ich nicht. Ich habe nie aufgehört, an Sie zu denken und mir Gedanken über Sie zu machen. Wenn wir uns nicht auf dieser Hausparty getroffen hätten, wäre ich vielleicht gekommen, um sie in Skipton zu besuchen.«

»Ich kann nicht glauben, dass das wahr sein soll.«

»Warum nicht?«

»Weil Sie ein Viscount sind, der eine Frau braucht. Muss sie nicht von einem gewissen Stand sein? Ich bin die Tochter eines Buchhändlers, die über ihrem Stand geheiratet hat. Dass ich mich jetzt als Gast von Lord und Lady Cosford wiederfinde, ist die wahre Absurdität.«

Lucas runzelte die Stirn. »Das ist es überhaupt nicht. Sie haben jedes Recht, hier zu sein. Sind Sie nicht mit Lady Cosford befreundet?«

»Nicht sehr eng.«

»Ich glaube nicht, dass das etwas ausmacht. Sie hat Sie eingeladen und Sie haben sich als überaus beliebt erwiesen.«

»Weil ich ein provokatives Gedicht rezitiert habe.«

»Vielleicht, aber ich habe immer Leute um Sie herum gesehen. Sie sind interessant und intelligent. Sie werden mich nicht überzeugen, dass die Leute Sie nicht für *Sie selbst* mögen. Ich tue das ganz bestimmt.«

Sie verengte die Augen, in denen allerdings ein verspielter Schimmer lag. »Sie versuchen nur, mich in Ihr Bett zu locken.«

Er grinste schamlos. »Funktioniert es?«

Sie nippte zur Antwort an ihrem Rum und hielt seinem Blick stand.

»Das ist kein Nein«, flüsterte er und ein Gefühl der Vorfreude brauste in ihm auf. »Ob Sie es mir glauben oder nicht, sind Sie etwas Besonderes für mich. Wir könnten den Rest der Hausparty so verbringen wie im *Pack Horse*. Sagen Sie mir, dass Sie das nicht interessiert. Oder Sie sogar erregt.«

Sie schluckte und dann hätte er schwören können, ihren Herzschlag an ihrem Hals pulsieren zu sehen. Er sehnte sich danach, ihre Haut an genau der Stelle zu lecken und das Verlangen anzufachen, das sie hoffentlich noch immer nach ihm hatte.

»Hier sind Sie also!«, rief Mrs. Wynne-Hargest aus.

Lucas trat von Juliana zurück, die einen größeren Schluck Rum trank. Sie vermied seinen Blick ebenfalls.

Mrs. Wynne-Hargest betrat die Bibliothek in Begleitung von Lady Clinton. Letztere ergriff nun das Wort. »Wir haben nach Ihnen gesucht, um Ihnen zu sagen, dass der Tanz jetzt anfängt.«

Mrs. Wynne-Hargest ging auf ihn zu. »Sie haben mir einen Tanz versprochen.«

Lucas sah zu Juliana, welche die Brauen gehoben hatte. Sie sagte nichts. »Mrs. Sheldon und ich haben gerade den Rum verkostet.«

»Wie ist er?« Mrs. Wynne-Hargest nahm das Glas von seinen Fingerspitzen und probierte einen Schluck. Prompt musste sie husten. »Meine Güte, ist das stark.« Sie zog ein Gesicht. »Ich werde bei Wein bleiben, vielen Dank.« Sie setzte das Glas auf dem Barschrank ab und drehte sich zu Lucas, um ihre Hand um seinen Ellbogen zu legen. »Lassen Sie uns tanzen gehen.«

»Kommen Sie, Mrs. Sheldon?«, fragte Lucas, obwohl er sicher war, dass er die Antwort bereits kannte.

Juliana presste die Lippen zusammen, als ob sie versuchte, nicht zu lachen. »Ich glaube nicht. Viel Vergnügen.« Sie hob ihr Glas zu einem stillen Toast.

Lucas war enttäuscht, aber er gab sich nicht geschlagen und verließ die Bibliothek mit den anderen Ladys. Er hoffte, dass er mit Juliana Fortschritte gemacht hatte. Je mehr er an sie dachte, umso mehr erkannte er, dass sie etwas Besonderes war. Nach mehr als zehn Jahren, die er sich nicht im Geringsten zur Eheschließung berufen gefühlt hatte, fing er nun an, sich vorzustellen, wie es vielleicht sein könnte, wenn er verheiratet wäre.

Mit ihr.

Vielleicht sollte er ihr das sagen, anstatt ihr eine weitere Affäre vorzuschlagen. Insbesondere, da sie ihre Krallen dieses Mal nicht ausgefahren hatte. Und vor allem, weil sie nicht nein gesagt hatte.

KAPITEL 6

Nach einem frühmorgendlichen Ausritt fühlte Juliana sich *prächtig*. Was bemerkenswert war, da sie nicht sonderlich gut geschlafen hatte. Verflucht sei Lucas und sein verführerischer Charme. Gestern Abend wäre es ihm in der Bibliothek beinahe gelungen, sie in seine Arme zu locken. Wären Mrs. Wynne-Hargest und Lady Clinton nicht rechtzeitig aufgetaucht, hätte Juliana ihren Entschluss, ihn leiden zu lassen, schon längst aufgegeben.

Inzwischen war sie sich allerdings fast sicher, dass auch sie leiden würde.

Er begehrte sie und das war mehr als deutlich. Es war auch offensichtlich – zumindest für sie –, dass sie ihn ebenfalls begehrte.

Warum hatte er sich so ausgiebig darüber ausgelassen, dass sie etwas Besonderes sei? Wahrscheinlich war das nur ein verwegener Trick, um sie in sein Bett zu locken. So schwach würde sie aber nicht sein. Ganz gleich, wie verlockend sein Bett auch sein mochte.

»Mrs. Sheldon?«

Juliana schreckte aus ihrer Träumerei und rief sich in

Erinnerung, dass sie sich im Salon befand und die Anwesenden gerade eine Gruppendiskussion über ihre Erwartungen bezüglich der Party führten. Sie drehte den Kopf nach links zu Mrs. Hatcliff-Lind, die das Sofa mit ihr teilte und ihren Namen gesagt hatte.

Der Duft von Rosen umwehte Juliana, als Mrs. Hatcliff-Lind sich über das Haar strich. »Verzeihung, ich war in Gedanken«, entschuldigte Juliana sich.

Mrs. Hatcliff-Lind blickte sie erwartungsvoll an. »Jetzt sind Sie an der Reihe zu verraten, ob sie wieder heiraten wollen.«

Richtig. Das war das Gesprächsthema gewesen, ob jemand von ihnen wieder zu heiraten beabsichtigte. Ehe sie sich in ihren Gedanken verloren hatte, hörte Juliana Mrs. Dunthorpe sagen, dass sie diesen Schritt erwog. Das brachte Juliana in Erinnerung, dass Mrs. Dunthorpe beim Abendessen neben Lucas gesessen hatte, was wiederum zu der Frage geführt hatte, ob der Viscount neben Mrs. Wynne-Hargest ebenfalls mit ihr getanzt hatte. Wahrscheinlich.

Warum interessierte sich Juliana dafür? Sie tanzte nicht einmal gern.

Verflixt, sie hing schon wieder ihren Gedanken nach.

»Ich habe nicht die Absicht, mir einen anderen Ehemann anzueignen«, entgegnete Juliana. »So wie ich bin, fühle ich mich sehr wohl.« Insbesondere dann, wenn sie sich gelegentlich auf eine Affäre einlassen konnte. Wie sie es im letzten Frühjahr getan hatte, und fast zwei Jahre zuvor mit Lucas.

Mrs. Hatcliff-Lind ergriff als Nächste das Wort. »Ich würde ein Angebot in Betracht ziehen – für den richtigen Preis. Vermutlich bin ich ausreichend versorgt, aber ich habe fünf Kinder und würde über einen Viscount oder einen Earl keineswegs die Nase rümpfen.« Sie zwinkerte den Anwesenden zu und lächelte.

Offenbar war sie die Letzte, die ihre Absichten mitteilte,

denn Mrs. Wynne-Hargest meinte: »Scheinbar sind die meisten von uns hier, um ein vorrübergehendes kleines Abenteuer zu erleben.« Ihre dunklen Augen funkelten vergnügt. »Ist schon jemand fündig geworden?«

Lady Clinton legte sich die Hand auf die Brust. »Das würde *ich* bestimmt nicht verraten.«

»Wir können doch sicherlich unter uns offen sein«, wandte Mrs. Wynne-Hargest ein. »Können wir uns nicht alle darauf einigen, dass das, was in Blickton passiert, auch in Blickton bleibt?«

Zur Antwort gab es ein allgemeines Nicken, aber niemand sagte einen Ton.

Mrs. Wynne-Hargest stieß die Luft aus und warf die Hände in die Luft. »Also schön. Wenn Sie es wissen wollen, ich habe nichts zu erzählen, aber das würde ich, wenn da etwas gewesen wäre. Ich hoffe allerdings, bald eine ... Liaison einzugehen und werde Sie auf dem Laufenden halten.« Mit einem Lächeln auf dem Gesicht wölbte sie die Brauen.

Juliana war überzeugt, dass die Frau auf Lucas anspielte. Sie biss die Zähne zusammen, um Mrs. Wynne-Hargest nicht zu entgegnen, sie solle ihre Hände bei sich behalten.

Andererseits konnte sie nicht auf die Aufmerksamkeit eifersüchtig sein, die andere Frauen Lucas schenkten, wenn sie ihn genauso gut für sich beanspruchen könnte. Er hatte ganz offen vorgeschlagen, ihre Liebelei von damals im *Pack Horse* zu wiederholen. Zudem hatte er auch diesen Unfug dahingeredet, sie in Skipton zu suchen. Zu welchem Zweck? Ganz sicher wollte er sie nicht heiraten. Und genau aus dem Grund, den sie vor ein paar Minuten genannt hatte, wollte sie ebenfalls nicht heiraten. Dieses Jahr hatte sie bereits einen Antrag abgelehnt.

Lady Cosford erschien in der Tür und schreckte Juliana aus ihren Gedanken. »Es ist Zeit für Blindekuh im Ballsaal.«

Juliana erhob sich zusammen mit allen anderen Ladys

und begab sich in den Ballsaal. Lady Cosford nahm auf dem Podium Aufstellung. Sie blickte über ihre Gäste hinweg und nickte jedem einzelnen zu, als sie sie durchzählte. »Wenn ich richtig gerechnet habe, sind alle anwesend. Wie Sie wissen, werden wir Blindekuh spielen. Weiß jemand *nicht*, wie man es spielt?«

Alle sahen sich um, doch niemand meldete sich. »Ausgezeichnet«, lobte Lady Cosford. »Wir werden unser Spiel heute um ein kleines Detail erweitern. Wenn der blinde Gentleman – oder die blinde Lady – eine Person findet und richtig identifiziert, wird er oder sie dieselbe küssen.«

Daraufhin erfolgten einige Kommentare, die allerdings nicht so laut geäußert wurden, dass Juliana sie hätte hören können. Es wurde auch gelacht.

Sir Godwin räusperte sich. »Und wenn ich Lord Audlington erwische?« Sein Blick wanderte zu seiner Linken und landete auf Lucas. Lucas war tadellos gekleidet. Ein Lächeln umspielte seinen Mund und er sah einfach atemberaubend gut aus.

Auf dem Podium antwortete Lady Cosford: »Sie können ihn küssen, wie Sie wollen – es gibt keine Regeln für die Art des Kusses.«

Sir Godwin legte den Kopf schief. »Wie wäre es, wenn ich den Betreffenden, sobald ich merke, dass es sich um einen Gentleman handelt, absichtlich falsch benenne, damit ich es noch einmal versuchen kann?« Das sorgte für weiteres Gelächter.

»Das ist Ihr gutes Recht«, entgegnete Lady Cosford. »Sie können sich auch dafür entscheiden, nur zuzuschauen, anstatt mitzuspielen.«

Zu Julianas Rechten zeigte die Herzoginwitwe von Kendal an, dass sie zuschauen würde, ebenso wie Mr. Sterling, der neben ihr stand. Er begleitete die Herzogin zu den Stühlen, die an der Wand aufgestellt waren.

»Sonst noch jemand?«, fragte Lady Cosford laut und wartete, ob jemand antwortete.

Julianas Blick huschte zu Lucas. Er beobachtete sie, natürlich. In seinem Blick lag ein Schimmer von Verheißung und Zuversicht, so als wolle er ihr versichern, derjenige zu sein, der sie finden würde.

Nicht, wenn ich dich zuerst finde.

Wollte sie ihn finden?

Natürlich wollte sie das. Dann könnte sie ihn küssen, und ihr wurde bewusst, dass sie das unter dem Vorwand, ein Spiel zu spielen, unbedingt tun wollte.

Hatten sie nicht ohnehin ein Spiel gespielt? Bis gestern Abend hatte sie das vielleicht nicht so gesehen. Bis er zu dem Schluss gekommen war, ihre Bestrafung als Genuss zu empfinden. Dies hatte eine Änderung der Regeln bewirkt.

Nun war es an der Zeit für eine erneute Änderung. Sie hoffte nur, es würde ihr gelingen, ihn zu finden.

Ganz langsam formte sich ein Lächeln auf ihren Lippen und ihre Mundwinkel bogen sich nach oben, als ihr klar wurde, was sie darüber hinaus noch tun könnte – wenn sie ausgewählt würde, würde sie einen anderen küssen, *bevor* sie ihn küsste. Das hieß, sie würde Gelegenheit bekommen, ihn noch ein wenig mehr zu quälen.

»Dann lassen Sie uns beginnen!«, verkündete Lady Cosford. »Vergessen Sie nicht, Sie dürfen sich nicht mehr bewegen, nachdem die Person die Augen verbunden hat, sonst findet sie niemanden mehr.« Auf dem Podium stand ein kleiner Tisch mit einer Schale, die mit kleinen Zettelchen gefüllt war. Sie nahm eines davon heraus und entfaltete es, ehe sie laut las: »Lord Satterfield!«

Lord Cosford trat vor, verband dem Earl die Augen und drehte ihn herum. Satterfield murrte, ihm sei schwindlig, und gleich darauf streckte er die Arme aus, um einen der Mitspieler zu finden. Dann musste er die Person richtig identifizieren, um sie küssen zu dürfen. Oder, in einer normalen Version des Spiels, die Augenbinde an denjenigen weitergeben, den er erwischt und benannt hatte.

Nach langem Hin und Her fand er Mrs. Makepeace und konnte sie richtig identifizieren. Sie wechselten ein paar Worte, die Juliana nicht hören konnte, bevor der Earl ihr einen sehr keuschen Kuss auf die Lippen drückte.

Juliana ließ den Blick zu Lucas schweifen. Er beobachtete Mrs. Makepeace, die wie ein betrunkener Matrose versuchte, sich fortzubewegen, nachdem man ihr die Augen verbunden und sie herumgewirbelt hatte. Mit schwankendem Gang kam sie auf Juliana zu, die dachte, dass der Kuss von Mrs. Makepeace dem Lovelace Gedicht an Provokation in nichts nachstehen würde.

Schließlich ergriff Mrs. Makepeace Julianas Arm und führte die Hand zu Julianas Puffärmeln. »Es ist mir klar, dass es eine Frau ist. Kann ich bitte einfach weiterschauen?«

Lachen ertönte, und Lady Cosford sagte: »Ja, nur zu. Vielleicht sollten wir die Frauen erst einmal zur Seite treten lassen?«

Lady Clinton rief: »Und wenn ich Mrs. Makepeace küssen *möchte*?«

Mr. Emerson grinste. »Wir lassen Sie, würde ich sagen.«

Schließlich stieß Mrs. Makepeace auf Lord Pritchard und gab ihm einen Kuss auf die Wange. Angesichts des Altersunterschieds zwischen ihnen – der vermutlich zwanzig Jahre betrug – sah sie aus, als würde sie ihren Vater küssen.

Das Spiel setzte sich fort, und nach einigen weiteren Runden fühlte Juliana sich allmählich frustriert, dass weder sie noch Lucas erwischt worden waren. Nach der Art und Weise zu urteilen, wie sich seine Stirn mit jedem neuen Blinden tiefer furchte, mutmaßte sie, dass es ihm ebenso erging.

Schließlich stolperte Emerson zu Juliana. »Mal sehen ...

Ich habe darauf geachtet, wo alle stehen, und das muss Mrs. Sheldon sein.«

»Sie haben recht«, entgegnete sie lächelnd und dachte, dass es nicht perfekter hätte ablaufen können. Von allen Männern, die sie küssen könnte, um Lucas zu quälen, war Emerson der Beste.

Er nahm die Augenbinde ab, und Juliana warf ihm einen koketten Blick zu, ehe sie leicht mit den Schultern zuckte. Vorfreude blitzte in seinen Augen auf, ehe er den Kopf senkte. Juliana legte die Hand auf seine Brust und beugte sich vor, um seinen Lippen mit ihren zu begegnen.

Der Kuss war kurz, aber eindeutig unkeusch, da sie ihre Lippen geteilt hatten. Juliana zog sich langsam zurück und ließ ihre Fingerspitzen ein paar Zentimeter an seinem Revers hinunterstreichen, während sie seinen Blick festhielt.

Dann drehte sie sich um. »Ich bin an der Reihe.«

Kurz bevor die Augenbinde über ihre Augen rutschte, fand ihr Blick Lucas. Sein Kiefer war angespannt, und seine Miene drückte nur ein einziges Wort aus: Entschlossenheit.

Wenn sie besonders grausam sein wollte, konnte sie sich nun einen anderen aussuchen. Nein, hier ging es nicht darum, grausam zu sein. Sie war verärgert gewesen, aber die ganze Sache *hatte* sich in ein Spiel verwandelt. Die Frage war nun, wer siegen würde.

Emerson drehte sie unerbittlich im Kreis, sodass ihr ganz schwindlig wurde und sie sich kurz an seinem Arm festhalten musste, um nicht umzufallen. »Alles in Ordnung?«, fragte er leise.

»Ja, vielen Dank.« Wo um alles in der Welt war Lucas?

Juliana versuchte, sich neu zu orientieren, doch die Augenbinde ließ nichts durchdringen, nicht einmal Licht, um zu bestimmen, wo die Fenster waren. Sie verließ sich auf ihre anderen Sinne, insbesondere auf ihren Geruchssinn – sie wusste genau, wie Lucas roch.

Als sie auf ihrem Weg einatmete, nahm sie den starken Duft von Rosen wahr. Das war Mrs. Hatcliff-Lind. Und sie war auf der gegenüberliegenden Seite des Raumes von Lucas. Juliana drehte sich um und streckte die Arme aus, als sie ernsthaft mit ihrer Suche begann und dabei vorsichtig war, um nicht direkt dorthin zu staksen, wo sie Lucas vermutete. Verflixt. Dies war schwerer, als es aussah. Sie holte tief Luft und konnte weder Kiefer noch Sandelholz riechen. Als sie nach links weiterging, hielt sie ihre Hände hoch und betete, dass sie nicht versehentlich mit jemand anderem zusammenstoßen würde, denn dann würde sie raten müssen, bis sie die Identität desjenigen herausgefunden hätte.

Ein Geräusch traf auf ihre Ohren – es war ein kaum wahrnehmbares Räuspern. Das war möglicherweise ohne jede Bedeutung oder es war Lucas, der ihr ein Zeichen gab. Sie bewegte sich weiter in diese Richtung und behielt dabei ihr Schnüffelstrategie bei. Endlich wurde sie mit einem vertrauten, männlichen Duft belohnt.

Sie berührte seine Brust und drückte beide Hände an ihn, um ihre Hände dann an seinem Frack zu seinen Schultern hin nach oben zu schieben. »Ich denke … ich glaube, dies ist Lord Audlington.«

»Endlich«, murmelte er so leise, dass nur sie es hören konnte.

»Gut gemacht!«, rief jemand hinter ihr.

Juliana löste die Augenbinde und nahm sie in die Hand. Sie erwiderte Lucas′ feurigen Blick und schmolz fast dahin.

»Sie hätten Emerson nicht so küssen sollen«, raunte er, als sie näher an ihn herankam und ihre Brust fast an seine drückte.

»Warum nicht? Das ist das Spiel.«

Er fasste sie in einer ausgesprochen besitzergreifenden Weise um die Taille. »Weil Sie meine Eifersucht ganz schön angestachelt haben, und jetzt verspüre ich ein Grundbedürfnis, allen hier zu zeigen, dass Sie *mir* gehören.«

»Tun Sie Ihr Schlimmstes, Mylord.» Sie stellte sich auf die Zehenspitzen und küsste ihn. Wie bei Emerson waren ihre Lippen geteilt – wie auch Lucas' Lippen. Aber dieser Kuss war keineswegs kurz oder auch nur ansatzweise züchtig. Es war erotisch und aufrüttelnd, während seine Zunge über ihre glitt, wobei er ihren Nacken umfasst hielt.

Mit dem Daumen strich er über ihre Kieferpartie, und nun war sie gänzlich verloren. Sie krallte die Finger in seinen Frack und unterdrückte ein Stöhnen, als die Lust sie übermannte.

Ein Hüsteln ertönte in der Nähe, und Juliana besann sich darauf, dass sie sich in einem Ballsaal auf einer Hausparty befanden und von vielen Leuten umgeben waren, die sie beide unter Garantie beobachteten.

Auch er bemerkte dies, denn er ließ sie los und trat zurück. Sie tat es ihm gleich, um Abstand zwischen ihnen zu schaffen, was genau das Gegenteil dessen war, was sie wollte.

Nach einer gefühlten Ewigkeit meinte Lady Cosford: »Ich glaube, es ist Zeit für Erfrischungen!«

Die Gäste bewegten sich auf den Tisch mit den Getränken und Speisen zu. Juliana trat allerdings zu einem Stuhl, auf dem sie die Augenbinde ablegte. Dann schaute sie über die Schulter zu Lucas zurück und verließ den Ballsaal.

~

*L*ucas' Herz pochte wie wild, als sein Tunnelblick Juliana folgte. Er war bereits hart wie Stein, doch dieser sinnliche Blick, den sie ihm zugeworfen hatte, ließ die letzten Überbleibsel seiner Abwehrkräfte schwinden. Nicht, dass er sich allzu große Mühe gegeben hätte, ihr zu trotzen.

War das eine Aufforderung an ihn gewesen, ihr zu folgen? Er würde nicht zögern, um das herauszufinden.

Eilends lief er hinter ihr her und verließ den Ballsaal ohne einen weiteren Gedanken. Wohin würde sie wohl gehen?

Die Treppe hinauf? Dorthin wollte *er*. Ihr Zimmer oder das seine, es war ihm egal. Da er sie stets in der Bibliothek zu finden schien, sollte er sich dorthin wenden.

Er schlug diese Richtung ein und erkannte im Treppenhaus einen gelben Farbtupfer – die Farbe ihres Kleides. Darauf bog er nach links ab und gelangte in die Halle, als sie gerade die Treppe hinaufging. Er rannte praktisch, um sie einzuholen.

»Ich dachte, du begibst dich vielleicht in die Bibliothek«, meinte er, als er auf der Treppe hinter ihr erschien.

»Willst du lieber dorthin gehen?«, fragte sie und blieb stehen. »Da gibt es kaum Privatsphäre.«

»Es gibt ein paar Nischen. Als ich zwanzig war, habe ich auf einem Ball eine Witwe in einer Nische geliebt.«

Sie kniff die Augen zusammen. »Glaubst du, ich will etwas über deine vergangenen Übertretungen hören? Bringe mich nicht dazu, meine Meinung zu ändern.«

Er trat auf ihre Treppenstufe. »Es hat mir nicht besonders gefallen, dass du Emerson geküsst hast. Und das war heute, nicht vor dreizehn Jahren.«

Sie beugte sich zu ihm und warf ihm einen koketten Blick zu. »Hat dich das gestört?«

»Das weißt du ganz genau. Warum würdest du das sonst tun?«

Sie zuckte mit den Schultern und ging bis zum Treppenabsatz auf halber Höhe weiter, wo die Treppe nach links abzweigte. »Ich habe ihn nicht so geküsst, wie ich dich geküsst habe.«

Knurrend umklammerte Lucas ihre Taille und drängte sie

rückwärts an die Wand, wobei er sie mit seinem Körper gegen das Holz drückte. »Ich bin froh darüber, denn ich hätte ihn verprügeln müssen.«

»Das wäre unglaublich unangebracht gewesen.« Sie schob ihre Hand über seine Brust nach oben und schlang sie um seinen Hals, wobei sie seinen Kopf genau in dem Moment nach unten zog, als er sie küssen wollte.

»Aber absolut notwendig.« Er eroberte ihren Mund und ihre Lippen und Zungen vereinten sich in einem wilden Tanz, während er seine Hüften gegen ihre drückte.

Mit einem Keuchen unterbrach sie den Kuss. »Warum? Du kannst doch nicht einfach in meinem Namen Gewalt anwenden.«

Er umfasste ihr Kinn und hielt sie fest, während er ihr in die Augen blickte. »Weil du mir gehörst. Ob du das nun wahrhaben willst oder nicht. Und ich will – nein, ich *muss* – dafür sorgen, dass jeder auf dieser verflixten Party das weiß.«

»Wenn du mich weiterhin auf der Treppe küsst, werden sie das wohl tun.«

Mit einem weiteren Knurren küsste er sie nochmals, doch diesmal schneller, und zog mit seinen Zähnen an ihrer Unterlippe, ehe er sie auf seine Arme nahm und mit ihr die Treppe hinaufeilte.

»Lucas!«, zischte sie. »Das ist alles andere als diskret!«

»Zum Teufel mit der Diskretion.«

Er trug sie direkt zu ihrem Zimmer, konnte aber die Tür nicht aufmachen, ohne sie abzusetzen. Leise fluchend ließ er sie zu Boden sinken. Sie öffnete die Tür und hielt sie ihm auf.

Er trat über die Schwelle und schob die Tür gerade noch zu, bevor sie sich auf ihn stürzte. In einem Anfall von Raserei zerrte sie ihm den Frack von den Schultern.

Sie rissen sich gegenseitig die Kleider vom Leib und schleuderten ein Kleidungsstück nach dem anderen zu Boden, bis sie in ihrem Unterhemd und den Strumpfbändern vor ihm stand. Sie ließ ihren Blick über ihn schweifen. »Diese Stiefel müssen weg.«

»Ja.« Er setzte sich auf die Bettkante und zog sie aus. Dann folgten seine Strümpfe.

Juliana schob sich zwischen seine Beine und legte die Hände auf seine Brust, wobei sie mit den Fingerspitzen über seine Brustwarzen streifte. Das Verlangen durchfuhr ihn, und er umfasste ihre Taille, ehe er seine Hände über ihren Rücken hinaufgleiten ließ.

Sie neigte den Kopf und küsste seine Kehle, wobei sie die Zunge auf seiner Haut hin und her bewegte. Er zupfte an ihren Haarnadeln und ließ sie achtlos zu Boden fallen. Als die dichte Pracht herabsank, verflocht er die Finger in den seidigen Strähnen.

Er atmete ihren betörenden Duft ein. »Gott, dein Haar ist fantastisch. Ich habe von deinem Haar geträumt. Als du dieses verflixte Gedicht aufgesagt hast, dachte ich, ich würde gleich platzen.«

»Das war meine Absicht«, murmelte sie, küsste seine Brust und ließ ihre Hand tiefer wandern, um seine Hose aufzuknöpfen.

»Du bist eine Sirene. Du lockst mich an und dann bestrafst du mich.«

Sie hob den Kopf und blicke ihm in die Augen. »Hat es dir nicht gefallen?«

Er legte die Hand in ihren Nacken, grub die Finger in ihre Haut um seinen Anspruch auf sie geltend zu machen. »Ich habe jeden einzelnen Moment genossen.« Er zog zu sich heran und küsste sie leidenschaftlich, wobei er seinen Mund auf eine Weise benutzte, die jeden Zweifel vertrieb, den sie vielleicht am Ausmaß seiner Sehnsucht nach ihr hatte und wie verrückt sie ihn machte.

Sobald seine Hose geöffnet war, schob sie ihre Hand hinein und umfasste seinen Schaft. Sie streichelte ihn langsam und wiederholt, was ihn fast augenblicklich an den Rand seiner Erlösung trieb.

Lucas bekam ihr Handgelenk zu fassen und unterbrach ihren Kuss. »Hör auf. Oder ich erlöse mich gänzlich über deine Hand.« Er zog eine Grimasse, als sie die Brauen hob. »Ich war seit über einem Jahr nicht mehr mit einer Frau zusammen.«

Ihre Hand wurde starr. »Armer Mann. Ich war fast *fünf* Jahre lang ohne Mann, als ich dich im *Pack Horse* getroffen habe. Habe ich mich etwa darüber beschwert?« Sie quälte ihn noch immer, und er konnte sein Lachen nicht unterdrücken.

»Na gut. Und nun?« Eigentlich hatte er nicht beabsichtigt, sie dies zu fragen, aber plötzlich war er neugierig, ob sie mit einem anderen Mann zusammen gewesen war, seit ihrem Kennenlernen.

»Es liegt schon einige Monate zurück, aber ich bin recht gut darin, mich selbst zu befriedigen.« Sie nahm ihre Streicheleinheiten wieder auf und strich mit ihren Fingernägeln an seinen Eiern entlang. »Du offenbar nicht.«

»Deine Hand und meine Hand sind nicht dasselbe. Ich werde nie imstande sein, mich so zu befriedigen, wie du es fertigbringst. Ist es für dich nicht ebenso?«

»Ich ziehe die Aufmerksamkeiten eines anderen vor.« Sie beugte sich vor und leckte über den äußeren Rand seines Ohrs. »Und wenn ich ehrlich bin, hat mir deine am besten gefallen.«

Lucas stöhnte auf, während er sich anstrengte, sich nicht in ihrer Hand zu erlösen. »Verführerin.«

Sie drückte ihn auf das Bett zurück und zerrte an seiner Hose, die sie über seine Hüften und seine Beine zog. Dann beugte sie ihren Kopf über seine Taille. »Soll ich dich in meinen Mund nehmen?«

»Ich werde nicht lange durchhalten.« Aber was für eine wunderbare Art, sich zu erlösen.

Sie gluckste, und dieser Laut erschien ihm ungemein erregend. »Versuche es.« Dann umklammerte sie den Ansatz seines Schafts mit einer Hand und zog die Vorhaut zurück, um an der Eichel zu saugen.

Er stieß nach oben, bis er ihren Mund ausfüllte. Sie nahm ihn tief in sich auf, sodass er gegen ihren Rachen stieß. Er umklammerte die Bettdecke, um nicht in den Abgrund zu stürzen.

Sie packte ihn an der Hüfte, hielt seinen Schaft fest und bewegte ihren Mund über ihn, sodass ein erotischer Rhythmus entstand, dem sie sich mit zunehmender Geschwindigkeit hingaben. Lucas wühlte in ihrem Haar und murmelte immer wieder ihren Namen. Jetzt war er wirklich kurz vor seiner Erlösung.

»Wenn du nicht willst, dass ich mich in deinem Mund erlöse, musst du aufhören.«

Sie zog sich zurück und schaute zu ihm auf. »Willst du es?«

»Ich will, dass du mich reitest wie dein Pferd.«

Hitze funkelte in ihren Augen, und sie streckte die Hand nach unten, um den Saum ihres Unterhemdes zu fassen. Sie zog das Kleidungsstück langsam über ihren Leib und entblößet ihre Haut Zentimeter für Zentimeter. Seine Hände verzehrten sich nach ihren Brüsten, die sie umfassen wollten, um sie zu sich heranzuziehen, damit er sie in seinen Mund nehmen konnte. Sie löste eines ihrer Strumpfbänder.

»Lass sie an«, knurrte er, rutschte auf dem Bett zurück und drehte sich so, dass seine Beine auf dem Bett lagen.

Sie folgte ihm hinterher und spreizte seine Oberschenkel. Jetzt berührte er sie mit den Händen, indem er ihre Brüste liebkoste und an ihren Brustwarzen zupfte. Sie wölbte ihren Rücken und gab sich seinen Berührungen noch intensiver hin. »Fester.«

Er drückte und zwickte sie, bis sie aufstöhnte und ihre

Hüften sich in wilden Wogen über ihn bewegten. »Du bist eine Göttin.«

Noch einmal legte sie die Hand um seinen Schaft, positionierte sich über ihm und führte ihn in ihren feuchten Spalt. Lucas warf den Kopf zurück und stöhnte, als sie ihn tief in sich aufnahm.

Er hielt ihre Hüften und seine Fingerspitzen gruben sich in ihr weiches Hinterteil, als sie sich zu bewegen begann. Sie ritt ihn tatsächlich wie ihr Pferd. Es war genauso, wie sie ihn im *Pack Horse* geritten hatte, und ihre Schenkel glitten in einem herrlichen und natürlichen Rhythmus über seine.

Dann ließ sie sich nach vorne fallen und küsste ihn, wobei ihre Zungen aufeinandertrafen. Als sie den Kopf hob, legte sie die Hände auf seine Schultern, um sich abzustützen, während ihre Bewegungen immer rasanter wurden. Er nahm ihre Brustwarze in den Mund und saugte kräftig daran, ehe er dann eine Hand zwischen sie beide schob und ihre Knospe streichelte.

Sie schrie auf und richtete das Rückgrat vollständig auf, während sie sich heftig und schnell über ihn bewegte. Ihre Muskeln pressten ihn zusammen, als ihr Körper von ihrem Orgasmus erschüttert wurde. Er stand kurz vor seiner eigenen Erlösung und seine Hoden spannten sich an, als er mit tiefen, raschen Stößen in sie eindrang.

Verdammt. Er musste sich zurückziehen. Er machte sich nicht immer die Mühe – das hatte er auch nicht, als sie ihre Liebelei im *Pack Horse* genossen hatten – aber die Dinge hatten sich verändert.

Er hob sie von sich herunter und legte die Hand um seinen Schaft, um es zu beenden. Weiße Lichter funkelten hinter seinen Augenlidern, als er kam. Ihre Hand stieß zu seiner, und sie streichelte ihn, bis sein Körper sich beruhigt hatte.

»Das hättest du nicht tun müssen«, meinte sie zu ihm und nahm ihre Hand fort.

»Ich hielt es für notwendig«, murmelte er, als er versuchte, sein Gleichgewicht wiederzuerlangen.

»Ich habe dir gesagt, dass ich wahrscheinlich keine Kinder bekommen kann.« Sie legte sich neben ihn auf die Seite. »Warum hast du dir diesmal die Mühe gemacht, mich zu verlassen, und nicht schon früher?«

»Ich habe mich wohl von dir im *Pack Horse* überwältigen lassen.« Er blitzte ihr ein Lächeln zu, als er sich aufsetzte, um dann ganz aufzustehen und sich an der Waschschüssel zu säubern.

»Es scheint, als seist du heute auch überwältigt worden«, meinte sie, als sie ebenfalls aus dem Bett stieg. »Aber vielleicht ist dir mit dem Gedanken an eine Heirat eher bewusst, dass du ein Kind zeugen könntest. Du sollst nur wissen, dass du dir bei mir darüber keine Sorgen machen musst.«

Das war vermutlich sehr praktisch. Allerdings hatte er angefangen zu glauben, dass er sie vielleicht heiraten wollte. Machte es etwas aus, dass sie keine Kinder bekommen konnte?

»Bist du sicher, dass du keine Kinder bekommen kannst?«, fragte er.

Sie trat zu ihm an den Waschtisch und säuberte sich, während er wieder ins Bett ging. »Ich habe dir gesagt, dass Vincent und ich am Anfang unserer Ehe sehr verliebt gewesen waren. Ich war enttäuscht, als ich nicht schwanger wurde, aber ich habe gelernt zu akzeptieren, dass ich nichts daran ändern kann.«

»Es könnte aber auch an ihm gelegen haben«, meinte Lucas als er wieder unter die Bettdecke schlüpfte.

»Vielleicht, aber ich hatte letzten Frühling über einige Monate eine Affäre und auch da bin ich nicht schwanger geworden.« Sie zog eine Schulter hoch. »Ich habe akzeptiert, dass ich keine Mutter sein werde. Ich muss sagen, dass dies mein Leben ziemlich einfach gemacht hat.« Sie drehte sich zum Bett. »Ich verstehe, dass Kinder wichtig für dich sind.«

Er hielt die Bettdecke für sie auf, als sie neben ihn schlüpfte. »Ja.« Bis vor kurzem hatte er keine Ahnung gehabt, in welchem Ausmaß. Sich für eine Frau zu entscheiden, die wahrscheinlich keine Kinder haben konnte gab ihm zu denken, was er verabscheute.

Er mochte Juliana sehr und hatte angefangen, sich eine Zukunft mit ihr auszumalen. Eine Zukunft, in der sie ihn herausforderte und er jeden Moment davon genoss.

Sie lag auf der Seite und sah ihn an. »Dann solltest du diese Hausparty wahrscheinlich nicht damit verbringen, dich mit mir abzugeben. Deine zukünftige Viscountess könnte vielleicht unten auf dich warten.«

»Das bezweifle ich. Wenn die anderen uns nicht bereits nach dem Kuss während des Blindekuh-Spiels als Paar abgeschrieben haben, werden sie dieses tun, sobald sie bemerken, dass wir beide verschwunden sind.«

Sie seufzte. »Wahrscheinlich. Ich bitte um Verzeihung. Ich wusste, dass du heiraten wolltest.«

»Es gibt immer eine nächste Saison.« Wie deprimierend das klang. »Ich verabscheue den Heiratsmarkt.« Juliana zu heiraten würde bedeuten, dass er ihn komplett umgehen konnte. »Willst du wieder heiraten?«

Sie schüttelte den Kopf. »Das glaube ich nicht. Ich fühle mich mit meiner derzeitigen Situation sehr wohl. Abgesehen davon habe ich es nicht so sehr genossen, wie ich erwartet hatte. Du weißt, dass meine Ehe nach einigen Jahren gänzlich ins Platonische übergegangen war. Tatsächlich sind wir einander immer mehr auf die Nerven gegangen.«

Er stützte den Kopf in seine Hand, wofür er den Ellbogen auf die Matratze stemmte. »Wie kam das?«

»Ich wollte etwas über den Besitz erfahren, aber er wollte

nicht mit mir darüber sprechen. Ich wollte öfter Gäste empfangen, aber er mochte nicht gern Leute im Haus. Meine Eltern haben mich während meiner gesamten Ehe nur zweimal besucht.«

»Das klingt furchtbar langweilig.« Er konnte sich nicht vorstellen, dass ihr das gefiel. »Nicht alle Ehen sind so.«

»Ich weiß. Meine Eltern sind sehr glücklich und sehr verliebt.« Juliana strich sich das Haar aus dem Gesicht und hob den Kopf, um die Haarmasse zur Seite schieben. »Aber ich glaube, das ist selten. Meine Geschwister sind auch verheiratet, und obwohl sie glücklich sind, bin ich mir nicht sicher, ob sie ihre Beziehungen als dauerhafte Liebesbeziehungen bezeichnen würden.«

»Ich glaube, ich habe schon erwähnt, dass meine Eltern wie deine sind«, entgegnete Lucas. »Und das gilt auch für die Verbindung meines Bruders.«

»Als ich dich das letzte Mal gesehen habe, stand die Frau deines Bruders kurz vor der Geburt eines Kindes. Ist alles gut ausgegangen?«

Lucas lächelte, als er an seinen Neffen dachte. »Ja, Daniel ist ein aufgewecktes Kerlchen. Im Frühjahr erwarten die beiden ein weiteres Kind.«

»Wie wundervoll. Ich kann den Neid in deiner Stimme hören«, bemerkte sie.

»Möglicherweise.« Die beiden waren so schrecklich zufrieden. Vielleicht *war* Lucas ein bisschen neidisch. Er wollte nicht an sie denken oder an das Gespräch, das er gerade mit Juliana führte. Er wollte lieber über die nächsten Tage mit ihr nachdenken. Lucas griff nach einer ihrer Haarsträhnen, die er um seinen Zeigefinger wickelte. »Darf ich diese Begegnung so interpretieren, dass dies so weitergehen kann?«

»Ich wüsste nicht, was dagegenspräche.« Sie rückte auf ihn zu und berührte ihn mit den Fingerspitzen am Kinn.

»Aber ich möchte einfach nur unsere Zeit hier bei der Hausparty genießen. Ich will weder in die Zukunft noch in die Vergangenheit blicken. Und ich werde es nicht bereuen, wenn es vorbei ist. Kannst du mir das auch versprechen?«

»Das kann ich.« Aber das würde er nicht tun. Nie würde er aufhören, an ihr Intermezzo zu denken, das sie vor fast zwei Jahren zusammengeführt hatte, und er konnte sich nicht versagen, von der Zukunft zu träumen. Er beugte sich vor und küsste sie, ehe er dann mit dem Daumen über ihre Lippen fuhr.

Sie saugte ihn in ihren Mund, und er stöhnte leise auf.

Er drückte sie auf die Matratze zurück und schob sich über sie. »In diesem Moment kann ich an nichts anderes denken, als dich in meinen Armen zu halten.«

KAPITEL 7

Am folgenden Tag war es nachmittags so herrlich draußen, dass alle zum Fluss gingen. Zuerst hatten Juliana und Lucas gedacht, dass sie nicht jeden Moment der Party zusammen verbringen würden, aber dieses Gefühl hatte sich beim Dinner am Abend zuvor schnell verflüchtigt. Wahrscheinlich wegen ihres Kusses, den sie sich während des Blindekuh-Spiels gegeben hatten, und wegen ihres anschließenden Verschwindens, hatten ihre Plätze nebeneinander gelegen. Obwohl sie sich bemühten, sich zu benehmen, als seien sie nur Freunde, hatten sie sich unter dem Tisch unzählige Male an den Händen berührt.

Juliana war sich ziemlich sicher, dass alle über ihre Affäre Bescheid wussten, zumal er die Nacht in ihrem Zimmer verbracht hatte, was natürlich niemand mit Sicherheit wusste, und sie auch beim Frühstück zusammengesessen hatten, was jeder wusste.

Als die Gäste sich für den Spaziergang zum Fluss versammelten, bot Lucas ihr seinen Arm an und murmelte: »Warum auch nicht.«

Leise lachend legte sie die Hand um seinen Ellbogen. »Aber lass uns zurückbleiben. So muss ich nicht befürchten, dass die Leute uns anstarren.«

»Sie können stattdessen Sir Godwin und Mrs. Fitzwarren anstarren«, entgegnete er. »Wir sind bereits die Neuigkeiten von gestern.«

Das schien tatsächlich der Fall zu sein. Die anderen Gäste hatten Juliana und Lucas gestern Abend verstohlene Blicke und verschmitzte Lächeln zugeworfen, aber heute Morgen beim Frühstück hatten sich alle mehr für Sir Godwin und Mrs. Fitzwarren interessiert, die zusammengesessen hatten. Jetzt gingen die beiden mit verschlungenen Armen und dicht beieinander gehaltenen Köpfen spazieren.

»Ich gestehe, froh darüber zu sein, dass die Aufmerksamkeit auf sie und nicht auf uns gerichtet ist. Ich möchte, dass du dieses Fest ohne lang nachwirkende Spekulationen verlassen kannst. Du musst eine Viscountess finden.«

Seine Muskeln spannten sich kurz an. »Die Spekulationen machen mir nichts aus.«

»Das würden Sie nicht. Du bist ein Draufgänger.« Sie drückte seinen Arm. »Tut mir leid, du *warst einmal* ein Draufgänger.«

»Necke mich, so viel du willst. Ich bin bereit, sesshaft zu werden. Aber du hast mich hingerissen, und es gibt niemanden, mit dem ich lieber zusammen wäre. In der Tat glaube ich nicht, dass mich irgendetwas oder irgendjemand von dir wegreißen könnte.« Er sah zu ihr hinüber, und sie konnte nicht ignorieren, wie sich ihr Herz zusammenzog und ihr Inneres dahinschmolz.

Doch dann dachte sie über seine Worte nach – es gab niemanden, mit dem er lieber zusammen sein wollte, und nichts konnte ihn von ihr losreißen. Das klang, als ob er auf etwas Dauerhaftes aus war.

Sie lenkte das Gespräch auf aktuellere Dinge. »Es ist schön, sich endlich draußen aufhalten zu können. Wir scheinen immer eingesperrt zu sein, wenn wir zusammen sind.«

Er grinste. »Du hast recht. Erst im *Pack Horse* mit dem Schnee und jetzt hier mit dem Regen. Wenn ich darüber nachdenke, bin ich eigentlich ganz dankbar für schlechtes Wetter.«

Die Gruppe vor ihnen hielt an. Lord Cosford drehte sich zu allen Anwesenden um und sprach laut. »Hinter dem Wäldchen befindet sich ein Zierbau. Wenn Sie einen Umweg machen wollen, um ihn zu erkunden, dann tun Sie das bitte. Aber Achtung, der Weg ist nicht wie dieser hier mit Kieseln gestreut. Er wird wahrscheinlich durch den Regen schlammig sein.« Cosford lächelte. »Wir werden den Bau morgen bei unserem Ausritt auf jeden Fall besuchen. Auf zum Fluss!« Er drehte sich um und führte die Gruppe weiter den Pfad entlang.

Lucas hielt inne, als sie die Abzweigung erreichten. »Sollen wir?«, fragte er mit einem verschmitzten Lächeln, das mehr als nur einen Hauch von Hitze enthielt.

Julianas Körper reagierte, indem ihre Brustwarzen sich in Erwartung dessen, was auf sie zukommen würde, verhärteten. »Niemand sonst ist gegangen. Es scheint, dass uns keine andere Wahl bleibt.«

»Und was ist mit dem Schlamm?«

»Ich bin bereit, mich schmutzig zu machen.« Sie schenkte ihm einen heißblütigen Blick und zog ihn auf den nicht gepflasterten Weg.

Als sie das Wäldchen umrundet hatten, kamen sie zu einem kleinen Gebäude, das wie ein verfallener Tempel aussah. Sogar das Laubwerk drum herum sah verwildert aus, als ob es das Gebäude überwuchern wollte. Es wirkte jedoch ordentlich gepflegt. Das tat seiner Anziehungskraft keinen Abbruch. »Das ist neu, seit ich das letzte Mal hier war«, stellte Juliana fest.

»Ja, ich glaube, Cosford hat es vor vielleicht drei oder vier Jahren gebaut.«

Sie betrachtete die Säulen, von denen zwei auf eine Weise bearbeitet worden waren, dass sie bröckelig und wie umgestürzt wirkten. »Es ist malerisch.«

»Es ist ein wundervoller Ort für ein Schäferstündchen.« Lucas zog sie hinter den Zierbau, wo sich eine feste Mauer befand. Dort lag auch ein großer Stein, der wie von der Spitze des Tempels herabgestürzt dalag. »Ich bin schockiert, dass Sir Godwin und Mrs. Fitzwarren den Köder nicht geschluckt haben.«

»Das könnten sie vielleicht auf dem Rückweg, also sollten wir uns sputen.« Juliana drehte sich zu ihm und legte die Hand um seine Taille.

Lucas umfasste ihren Hals und küsste sie gierig, wobei er das verzweifelte Verlangen widerspiegelte, das sie nach ihm verspürte. Noch vor fünf Minuten hatte sie ihren angenehmen Spaziergang in der Natur genossen. Aber dann hatte er sie mit diesem besonderen Blick zu diesem Zierbau gelotst, und sie konnte an nichts anderes mehr denken, als seine Hose aufzuknöpfen und seinen steifen Schaft in ihre erwartungsfreudige Scheide einzuführen.

Er glitt mit der Hand über ihre Brust, doch es lag eine frustrierende Unmenge an Kleidung dazwischen. Sie stöhnte auf, und er führte sie einen Schritt rückwärts.

»Stell deinen Fuß auf den Stein.« Mit den Zähnen zerrte er dem Handschuh von seiner rechten Hand und warf ihn dann beiseite, während sie tat, was er sagte, und ihren Stiefel auf die abgeflachte Oberseite des Felsens stellte.

Schnell schob er ihren Rock hoch und ließ seine Fingerspitzen über ihren Oberschenkel gleiten, bevor er einen Finger in ihr Geschlecht einführte. Juliana packte ihn am Revers und zog ihn zu sich heran. Fast wären sie hintüber gekippt, aber er hielt sie mit der freien Hand an der Taille fest.

Sie küsste ihn, während er sie befriedigte, wobei sein Daumen mit zunehmender Geschwindigkeit und Eindringlichkeit ihre Knospe umspielte. Es war nicht genug, auch nicht mit zweien seiner Finger, die in sie eindrangen. Sie wollte, dass er sie ganz ausfüllte, dass er mit roher Wildheit in sie stieß.

»Du machst mich lüstern«, keuchte sie und unterbrach den Kuss, als sie nach unten griff, um seinen Schritt aufzuknöpfen.

»Du machst mich wild und verrückt. Ich kann gar nicht genug von dir bekommen.« Er küsste ihren Hals und knabberte an ihrer Haut.

Sie streckte die Hand in seine Kleidung und befreite seinen Schaft. Aber sie trug noch immer einen Handschuh, womit ihre Bemühungen eher wirkungslos waren. »Es ist sehr schwer, dich mit einem Handschuh zu streicheln«, meinte sie entnervt.

Er presste sich an sie und sicherte ihren Rock zwischen ihnen um ihre Taille. »Führe mich in dich ein. Jetzt.«

Seine Hand gesellte sich zu ihrer und zusammen führten sie ihn ein. Er rückte sich so zurecht, dass er ihren Oberschenkel zu fassen bekam und ihn um seine Hüfte legte. Dann drang er in sie ein und hielt sie stabil, während sie auf einem Fuß balancierte. Sie spürte die Wand in ihrem Rückgrat, als er ihren Rücken vorsichtig sinken ließ.

»Alles in Ordnung«, fragte er.

»Mehr als das. Bitte bewege dich.«

Er leckte ihr Ohr. »So etwa?« Er kreiste mit den Hüften gegen die ihren und rieb sie an ihr.

Juliana keuchte auf und schloss die Augen gegen das Sonnenlicht. »Nein, nicht so. Hinein und hinaus, heftig und schnell. Dies ist nicht die Zeit oder der Ort, um mich zu necken, Lucas.«

»Gott, ich liebe es, meinen Namen von deinen Lippen zu hören.« Er küsste sie und verheerte dabei ihren Mund, während er sich weiter mit langsamen seichten Stößen in ihr bewegte. Endlich drang er in sie ein. »Ist das besser?«

Ihre Muskeln verkrampften sich auf der Suche nach Erlösung. »Nicht schnell genug. Ich will kommen. Du nicht?«

»Ich bin beinahe so weit.« Er beschleunigte sein Tempo und sein Mund lag an ihrem Hals, als ihr Orgasmus sie übermannte. Sie rief seinen Namen aus, wobei sie jedoch darauf achtete, nicht zu laut zu sein.

Sie spürte, wie er sich anspannte. Er stieß einen langen gutturalen Ton aus, als er kam. Sie grub die Finger in seinen Frack und ritt ihn durch die süße Seligkeit ihres Höhepunkts.

Als sie sich verausgabt hatten, löste er ihr Bein vorsichtig von seiner Taille. Sie benutzte ihr Unterhemd, um sich zu reinigen und beobachtete ihn, wie er ein Taschentuch aus seiner Tasche zog, sodass er das Gleiche tun konnte.

»Hast du dies absichtlich mitgebracht?«

Er sah sie mit hochgezogener Augenbraue an. »Man muss immer vorbereitet sein.«

Sie lachte und er schob seinen Schaft wieder zurück, ehe er sich den Schritt zuknöpfte. Dann beugte er sich vor, um seinen Handschuh aufzuheben.

»Das war himmlisch.« Flüchtig streifte er ihre Lippen mit seinen und ihr Verlangen erwachte erneut.

Würde sie in seiner Nähe immer so erregt sein? Es erinnerte sie etwas daran, wie sie Vincent kennengelernt hatte, und das kühlte ihre Lust ab.

Er war aber nicht Vincent. Lucas hatte sie mit seiner

unverwüstlichen Leidenschaft und Freude, aber auch mit
seinem Humor und seiner Fürsorge überzeugt. Er hatte sich
mit ihrer »Bestrafung« arrangiert und sie glaubte, dass ihm
sein vergangenes Verhalten wirklich leidtat. Und hier
verschob er seine Heiratspläne. Wegen ihr. Dies vermittelte
ihr gleichzeitig ein Gefühl der Erregung, aber auch des
Unbehagens. Trotz der Art und Weise, wie sie ihn bei ihrem
Wiedersehen behandelt hatte, wollte sie ihm nicht wehtun.
Und sie wollte auch nicht, dass man ihr wehtat – wie es
geschehen war, als er sie im Gasthaus verlassen hatte.

Das Geräusch von Stimmen in der Nähe ließ Juliana
erstarren. Ihr Blick traf auf Lucas, der die Finger an die
Lippen hob und sie dann rückwärts gegen den Zierbau zog.

»Dies wird reichen«, bemerkte eine Lady innerhalb des
Zierbaus. »Meinst du nicht auch, Winnie?«

Juliana formte den Namen »Winnie« mit den Lippen und
machte dabei genau im gleichen Moment wie Lucas ein
fragendes Gesicht. Sie musste ihre Hand über den Mund
legen, um ein Lachen zu unterdrücken.

Ein leises Stöhnen hallte durch die Luft. Das mussten Sir
Godwin und Mrs. Fitzwarren sein. Oder eine andere Lady
mit Sir Godwin. Wer sonst sollte Winnie sein? Juliana konnte
sich keinen anderen Gast vorstellen, auf den dieser Kose-
name zutreffen könnte.

Lucas senkte seinen Kopf und ergriff ihre Hand. Auf
leisen Sohlen stahlen sie sich um den Zierbau herum und
kehrten zum Weg zurück. Sie liefen schnell, um die
Aufmerksamkeit der Liebenden im Zierbau nicht zu erregen.
Obwohl Juliana vermutete, dass es eher schwer sein dürfte,
ihre Aktivitäten zu unterbrechen.

Als sie den Hauptweg erreichten, atmeten beide schließlich auf. »Das hätte sehr unangenehm werden können«,
meinte Lucas lachend.

Sie ergriff seinen Arm, als sie ihren Weg in Richtung des

Flusses fortsetzten. »Sollen wir lieber zum Haus zurückkehren? Um Blicken und Kommentaren aus dem Weg zu gehen?«

»Das liegt ganz bei dir. Ich genieße es, hier draußen zu sein. Außerdem ist es mir einerlei, was andere sagen oder denken.« Er blickte zu ihr hinüber. »Mich interessiert nur, was du denkst. Ich bin ganz auf dich konzentriert. Besessen, um genau zu sein.« Sein Ton war unbeschwert, und er hatte die Aufmerksamkeit erneut auf den Weg vor ihnen gerichtet, doch Juliana gelang es nicht, dieses Wort »besessen« zu ignorieren.

»Du weißt doch, was besessen bedeutet?«

»Ja«, entgegnete er und klang amüsiert. »Und ich entschuldige mich nicht für dieses Empfinden. Kannst du sagen, du empfindest außer einer unbändigen Lust nichts für mich? Ich fürchte, dieser Teil ist offensichtlich.« Er zwinkerte ihr zu.

Juliana lächelte zur Antwort, anstatt über seine Frage nachzudenken, denn das war komplizierter, als sie es sich für ihre Beziehung wünschte. »Du bist viel zu charmant. Hör auf damit.«

»Du kannst es also nicht sagen. Das ist gut so. Denn ich denke, du solltest noch einmal über eine Heirat nachdenken. Ich denke sogar, du solltest in Betracht ziehen, mich zu heiraten.«

Weil er lächelte und sie gingen, dachte sie eher, dass er das im Scherz meinte. Vielleicht lag es an ihrem Wunschdenken, dass es nicht mehr als ein Scherz war. Sie beschloss, ihn nicht ernst zu nehmen. »Wie du weißt, kann ich das nicht. Du brauchst einen Erben, und den wirst du von mir nicht bekommen.«

»Vergiss nicht, dass ich einen Bruder habe, und der hat bereits einen Erben, und ein potenzieller weiterer Anwärter ist auf dem Weg.« Sein Ton blieb unbefangen und jetzt fragte sie sich wirklich, ob er es ernst meinte oder nicht.

Zum Glück blieb ihr eine Fortsetzung des Gesprächs erspart, da sie am Fluss ankamen, wo Tische mit Erfrischungen aufgestellt waren, darunter ein spezielles Ale, das Cosfords Braumeister eigens für das Fest hergestellt hatte.

Ein Diener schenkte ihnen das Ale ein, und Lucas reichte ihr einen kleinen Humpen. Während sie tranken, trat Lord Pritchard zu ihnen, um seinen Humpen nachfüllen zu lassen.

»Ein großartiger Tag«, bemerkte Pritchard, hob seinen Humpen und trank einen Schluck.

»Es ist schön, im Freien zu sein«, entgegnete Juliana.

Pritchard blickte zu Lucas. »Ich hatte noch keine Gelegenheit, Ihnen zu sagen, dass ich Ihre Rede über die Änderung des Wehrdienstes sehr geschätzt habe. Ich war an diesem Tag zufällig in der Nähe des Plenarsaals und wollte sie hören. Sehr leidenschaftlich vorgetragen.«

»Ich danke Ihnen. Ich bin froh, dass der Änderungsantrag angenommen worden ist.«

»Zum Wohl.« Pritchard nahm sich ein kleines Sandwich, bevor er zu einer Gruppe von Gästen in der Nähe des Flusses zurückschlenderte.

Juliana sah Lucas über den Rand ihres Humpens an. »Sitzt du jetzt in den Commons?«

Lucas nickte. »Seit letztem Jahr. Ich wollte etwas Sinnvolleres tun, und außerdem werde ich eines Tages den Platz meines Vaters im Oberhaus einnehmen.«

»Welche Rede hast du gehalten?«

»Wir hatten gerade ein Gesetz verabschiedet, das vorsah, dass die Countys Listen mit den Männern anzufertigen hatten, die sich zur Pflichtausbildung melden mussten. Ich hielt das für unsinnig, wo wir doch schon so viele Freiwillige haben. Die Änderung erlaubt es dem König, die Anforderungen auszusetzen, wenn er die Zahl der Freiwilligen für ausreichend hält.«

»Das klingt vernünftig«, kommentierte Juliana. »Du bist also ein leidenschaftlicher Redner? Warum überrascht mich das nicht?«, murmelte sie.

Lucas' Augen funkelten vor Humor. »Ich beschäftige mich wirklich nur ungern mit etwas, wenn ich nicht mit vollem Einsatz dabei bin.«

Das hatte Juliana sich gedacht. Er schien sich sehr für ihre Liaison zu engagieren.

Lord und Lady Cosford traten zu ihnen. Nach ein paar Minuten müßigen Geplauders rückte Lady Cosford näher an Juliana heran und sprach leise. »Wie haben Sie den Zierbau gefunden?«

Ihre Gastgeberin war eine der aufmerksamsten Personen, die Juliana je getroffen hatte. Sie nahm an, dass Lady Cosford über alles Bescheid wusste, was auf der Party vor sich ging. »Er ist bezaubernd.«

»Das freut mich sehr. Hoffentlich amüsieren Sie sich gut.«

»Das tue ich, danke.« Julianas Blick wanderte kurz zu Lucas. »Ich bin so froh, dass Sie mich eingeladen haben.«

»Sie beide scheinen ... ineinander verliebt zu sein«, bemerkte Lady Cosford im Flüsterton, während ihr Mann und Lucas sich über das Ale austauschten.

»Tun wir das?« Juliana gedachte nicht, irgendetwas zu bestätigen, zumal sie sich im Moment reichlich verwirrt fühlte. Es war schwer, nicht verwirrt zu sein, da Lucas ihr gestanden hatte, von ihr besessen zu sein und den Vorschlag gemacht hatte, dass sie ihn heiraten sollte.

Würde sie ihn heiraten, wenn sie glaubte, sie könnte Kinder bekommen? Juliana weigerte sich, diesem Gedanken nachzugeben. Es spielte keine Rolle, denn sie konnte keine Kinder bekommen, und er brauchte einen Erben.

Ihnen war diese gemeinsame Zeit beschieden, und sie würde sie in Ehren halten. Sie würde nicht über eine Zukunft nachdenken, und sie würde auch nicht von ihm besessen sein – oder so etwas Ähnliches. Beides hatte sie mit Vincent erlebt, und von ihrer Leidenschaft war nichts von Dauer gewesen.

Wieder musste sie sich in Erinnerung rufen, dass Lucas nicht Vincent war und das, was sie verband, über das Körperliche hinausging. Sie mochte Lucas, was sie von Vincent nicht behaupten würde.

»Ich will nicht neugierig sein«, meinte Lady Cosford mit einem friedfertigen Lächeln. »Es liegt mir in der Natur, Sorge dafür zu tragen, dass die Menschen glücklich sind. Ich muss daran denken, dass das nicht immer Heirat bedeutet.«

Nein, das bedeutete es nicht. Und in diesem Fall tat es Juliana leid, dass nichts Dauerhaftes daraus werden würde.

*

*L*ucas hätte nach einer weiteren Nacht mit Juliana, in der der Schlaf nicht im Vordergrund gestanden hatte, erschöpft sein müssen. Dazu kam noch der lange Ritt, den sie an diesem Morgen hinter sich gebracht hatten, und er fragte sich, warum er nicht tief und fest in seinem Bett schlief. Stattdessen fühlte er sich absolut beschwingt.

Viele der Gäste ruhten sich aus, doch nachdem er ein Bad genommen hatte, machte sich Lucas auf den Weg nach unten ins Billardzimmer, wo er auf Roth stieß, der stirnrunzelnd in ein Glas Brandy stierte.

»Was ist los?«, fragte Lucas, als er sich selbst etwas zu trinken einschenkte.

»Nichts, wirklich. Ich komme auf dieser Party nur nicht

so recht voran, im Gegensatz zu dir und Sir Godwin. Und vielleicht Satterfield.«

»Satterfield hat eine Partnerin gefunden?«

Roth zuckte mit den Schultern. »Mir ist nur aufgefallen, wie er die Herzoginwitwe ansieht. Ich glaube, er *würde* gerne eine Verbindung eingehen, aber ich kann nicht sagen, wie sie darüber denkt.«

Das klang so ähnlich wie bei Lucas und Juliana. Sie waren eine vorübergehende Liaison eingegangen, doch ihm wurde immer klarer, dass er mehr wollte. Je mehr Zeit er mit ihr verbrachte, umso mehr quälte ihn der Gedanke, sich von ihr trennen zu müssen, sobald die Party vorbei war.

»Hast du immer noch Mrs. Dunthorpe und Mrs. Makepeace im Visier?«

»Ich bin, glaube ich, zu dem Urteil gekommen, dass Mrs. Makepeace zu jung ist. Vielleicht liegt es aber auch daran, dass ich die Gespräche mit Mrs. Dunthorpe mehr genossen habe.«

»Warum ist dem so?«

»Sie hat ein ausgezeichnetes Auge für Mode und verfügt über eine bemerkenswerte Intelligenz. Sie spricht Französisch und hat ein Faible für Geografie.«

»Das klingt, als würde sie eine ausgezeichnete Mutter abgeben«, murmelte Lucas.

Roth warf ihm einen belustigten Blick zu. »Ja, und du weißt, dass ich genau das suche – meistens.«

»Ausschließlich – würde ich sagen, aber ich bin froh, dass du das sagst«, meinte Lucas. »Hoffentlich findest du jemanden, den du liebst. Das hast du verdient.« Roth hatte gehofft, sich in seine Frau zu verlieben, die diese Art von Ehe allerdings nicht gewollt hatte, was sie ihm aber erst nach der Hochzeit gestand.

»Ist es das, was mit dir passiert?«, fragte Roth. »Bist du in Mrs. Sheldon verliebt?«

Lucas war sich nicht sicher, ob er bereit war, sich zu seinen Gefühlen zu bekennen, aber gestern hatte er ihr gesagt, er sei in sie vernarrt, und das hatte er auch so gemeint. »Erinnerst du dich an die Liebelei, die ich während des Schneesturms vor zwei Jahren nach Neujahr hatte?«

»Ja, du saßt in einem Gasthaus fest, wenn ich mich recht erinnere. Was war damit?«

»Das war Juliana. Ach, Mrs. Sheldon, meine ich.«

Roth machte große Augen. »Was du nicht sagst.« Plötzlich runzelte er die Stirn. »Hast du es nicht bereut, sie im Gasthaus zurückgelassen zu haben?«

Lucas seufzte. »Das habe ich. Ich habe nie aufhören können, an sie zu denken.« Nicht einmal, als er sich ein paar Monate später eine Geliebte genommen hatte. Er konnte sich nicht vorstellen, so etwas jetzt zu tun. Nicht, dass er die Absicht hatte. Nein, er würde sich stattdessen eine Frau suchen.

Plötzlich wurde ihm ganz komisch zumute. Er kippte den Brandy seine Kehle hinunter und schenkte sich ein weiteres Glas ein.

»Was hat das zu bedeuten?«, fragte Roth.

»Ich glaube, genau das ist es, was hier passiert«, meinte Lucas leise und umklammerte sein Glas. »Um deine Frage von vorhin zu beantworten.«

»Oh. Nun. Empfindet sie dasselbe?«

»Ich glaube nicht.« Lucas erkannte, dass dies die Ursache seiner Angst war, die seinen Magen aufgewühlt hatte. »Sie ist als Witwe zufrieden.«

»Und du willst sie zu deiner Viscountess machen.«

»Ich glaube, das will ich.«

»Sei bitte vorsichtig«, meinte Roth mit strenger Stimme. »Mach nicht denselben Fehler wie ich. Sag ganz klar, was du willst. Was du erwartest.«

»Hättest du Sarah wirklich nicht geheiratet, wenn sie dir

gesagt hätte, dass sie dich nur wegen der Sicherheit und der Stellung in der Gesellschaft heiratet?«

»Nein, das hätte ich nicht.« Roth nippte an seinem Brandy. »Da du dich bereits in Mrs. Sheldon verliebt hast und du glaubst, dass sie deine Gefühle nicht erwidert, solltest du das besser früher als später klären.«

»Ich kann nicht in sie verliebt sein«, befand Lucas. »Ich war vor zwei Jahren nur sehr kurz mit ihr zusammen, und wir haben uns erst vor ein paar Tagen wiedergetroffen.« Es war einfach nicht zu erklären, dass er in so kurzer Zeit so leidenschaftlich für sie empfand.

Aber so war es. Er wollte jeden Augenblick mit ihr zusammen verbringen. Selbst jetzt sehnte er sich danach, sie zu sehen.

»Hast du schon einmal so empfunden?«, fragte Roth. »Ich kenne dich seit vielen Jahren, und ich kann mich nicht erinnern, dich jemals so ... beschwingt gesehen zu haben.«

Lucas lachte. »Was um alles in der Welt soll das heißen?«

»Du hast einen federnden Schritt, und du scheinst ständig kurz vor dem Ausbruch eines Lächelns zu sein. Wenn du nicht bereits lächelst. Dann ist da noch die Sache, wie oft du in Mrs. Sheldons Gesellschaft bist, und die Dinge, die passieren. Sie zu küssen, wie du es beim Blindekuh Spiel gemacht hast, und anschließend verschwinden. Dann seid ihr gestern während des Spaziergangs zum Fluss wieder verschwunden.«

»Wir waren nicht die Einzigen«, meinte Lucas, obwohl dies in keiner Weise eine rationale Verteidigung oder Erklärung war. »Also können alle sehen, dass ich ein verliebter Narr bin?«

»Ich glaube nicht, dass du so erscheinst. Du wirkst einfach ... glücklich.«

»Das bin ich und nein, ich glaube nicht, dass ich mich je zuvor so gefühlt habe.« Außer als er seine nur eine Woche alte kleine Tochter zum ersten Mal gesehen hatte. Im ersten Augenblick, in dem er Alicia in seinen Armen gehalten hatte, verspürte er eine Liebe, die so rein und wahr war, dass ihm die Brust davon schmerzte. Das war der glücklichste Tag seines Lebens gewesen.

Lord Pritchard schlenderte in den Billardraum. »Das Whist-Turnier wird in Kürze beginnen, wenn Sie interessiert sind.« Er ging auf die Anrichte zu, worauf Lucas und Roth beiseitetraten. »Ich musste für einen Brandy herkommen, den Sie, wie ich sehe, gerade trinken. Es ist der beste im Haus.« Er schenkte sich, was in der Flasche noch übrig war, in ein frisches Glas. »Ich hoffe, es gibt noch mehr davon. Zum Wohl!« Er hob das Glas und trank einen Schluck, ehe er aus dem Raum schlenderte.

»Ich denke, ich werde Whist spielen«, meinte Roth.

»Du klingst nicht sehr enthusiastisch«, bemerkte Lucas.

»Wir reisen übermorgen ab, und wenn ich also entscheiden muss, ob Mrs. Dunthorpe eine akzeptable Countess abgeben würde, muss ich vorankommen.« Er trank den Rest seines Brandys aus und stellte das Glas auf die Anrichte.

»Akzeptabel … das klingt reichlich lau. Nach deiner letzten Heirat hoffe ich wirklich, dass du eine aufregende, leidenschaftliche Countess finden wirst. Klingt das nicht verlockender?«

»Hat dir jemals jemand gesagt, dass du zu romantisch veranlagt bist?«

»Und das von einem Gentleman der von der emotionellen Frigidität seiner Frau schwer enttäuscht war. Ich würde sagen, dass es einen romantisch veranlagten Kerl braucht, um einen anderen zu erkennen«, entgegnete Lucas schmunzelnd.

Roth schüttelte den Kopf. »Kommst du?«

»Ich werde dich begleiten und sehen, ob ich spielen will.«

»Du meinst, du wirst nach Mrs. Sheldon Ausschau halten und wenn sie nicht dort ist, wirst du dich zurückziehen«, schnaubte Roth. »Du bist unglaublich leicht zu durchschauen.«

Lucas reagierte mit einem sardonischen Blick. »Augenscheinlich muss ich ihr meine Seele offenbaren.«

»Du wirst es mir danken.«

»Es sei denn, sie läuft entsetzt davon.«

Roth lachte. »Wenn das passiert, gibt es etwas, das du mir nicht erzählst.«

Sie verließen den Billardraum und als sie zu dem Whist-Turnier stießen, erkannte Lucas, dass Juliana nicht anwesend war. Wahrscheinlich war sie in ihrem Zimmer oder in der Bibliothek.

»Sei bitte bezüglich deiner Erwartungen offen.« Roth schlug Lucas freundschaftlich auf die Schulter, ehe er den Salon betrat.

Lucas wandte sich ab und machte sich auf den Weg zur Bibliothek. Auf den ersten Blick schien sie dort auch nicht zu sein. Enttäuschung stieg in ihm auf, doch er wusste, dass sie nur von kurzer Dauer sein würde. Er würde sie finden. Dann machte er kehrt.

»Lucas?«

Er wirbelte erneut herum und suchte die Bibliothek ein weiteres Mal mit Blicken ab. Juliana steckte ihren Kopf aus einer der Nischen auf der rechten Seite des Raumes.

Lucas lenkte seine Schritte zu ihr und seine Enttäuschung war vergessen. »Ich habe dich dort nicht gesehen.«

Die Nische zwischen zwei Bücherregalen, war mit einer gepolsterten Bank ausgestattet, auf der Juliana sich mit einem Buch zusammengerollt hatte.

»Es ist fast privat«, meinte sie mit einem kleinen Lächeln. »Fast.«

»Alle spielen Whist. Ich wage zu behaupten, dass wir hier alle Privatsphäre haben, die wir wollen.«

Sie schlug das Buch, in dem sie gelesen hatte, über ihrem Finger zusammen. »Willst du etwas Skandalöses vorschlagen?« Mit ihrem herrlichen Haar, das so großartig auf ihrem Kopf hochgesteckt war und dem Perlenkamm, der in ihren dunklen Locken steckte, sah sie so majestätisch aus. Das elfenbein- und pfirsichfarbene Kleid, das sie umschmiegte, sah wie ein exquisites Zuckerwerk aus.

Lucas leckte sich die Lippen und sein Körper erwachte zu voller Erregung. »Scheinbar kann ich nicht in deiner Gegenwart sein, ohne dich wie wild zu begehren. Und wenn ich nicht bei dir bin, denke ich mir Möglichkeiten aus, wie ich das beheben kann.«

»Ist dein Verlangen alles, was dich motiviert?«, fragte sie, als sie sich zu ihm umdrehte und die Füße auf die Erde stellte.

»Nicht ganz, nein. Mein Verlangen nach dir ist nicht auf das Körperliche begrenzt. Ich sehne mich danach, nur mit dir zusammen zu sein.« Er setzte sich neben sie. »Wenn du dir Sorgen machst, dass ich mich nur wegen unserer Anziehungskraft zu dir hingezogen fühle, solltest du wissen, dass es mehr als das ist.« Gerade erst hatte er erkannt, *wie viel* mehr.

»Ich bin eigentlich nicht besorgt. Das hätte ich nicht fragen sollen«, meinte sie mit unbefangener Stimme. »Wir haben eine Affäre, also ist es nur richtig und erwartet, dass wir von unserem körperlichen Verlangen getrieben werden.«

Auf der Bank sitzend drehte er ihr den Oberkörper zu und er musste seine Hand unter seinen Oberschenkel schieben, um sie nicht zu berühren. »Ich fühle, dass ich ehrlich zu dir sein muss und mich weit mehr als auf körperliche Weise zu dir hingezogen fühle. Wenn ich daran denke, dass diese

Party übermorgen vorbei ist, fühle ich mich ganz niedergeschlagen.«

»Und das vom Ausgerissenen Viscount, der keine Skrupel
hatte, mich sitzenzulassen.«

Er nahm den Humor in ihrer Stimme wahr, doch er
fragte sich, ob sie noch immer etwas Kränkung in sich trug.
Vielleicht würde sie das für immer tun. Er gab seinen
Versuch, sie nicht zu berühren auf und nahm ihre freie Hand
in seine. »Ich bedauere dies mehr als alles andere, dass ich je
getan habe. Und ich möchte diesen Fehler nicht wiederholen.
Ich würde lieber nicht ›ausreißen‹. Ich habe angefangen,
darüber nachzudenken, ob wir mehr als nur eine zeitweilige
Liaison haben könnten.«

Sie versteifte sich und ihre Hand erstarrte in seiner. Dann
zog sie sie zurück. »Ich habe dir doch gesagt, dass ich
zufrieden mit meinem Leben bin. Du musst eine Frau finden
und das werde nicht ich sein.«

»Aber ich möchte, dass du es bist. Noch nie habe ich für
jemanden auf diese Weise empfunden. Ich glaube, wir
könnten sehr glücklich zusammen werden.«

Sie sah ihn mit einem zittrigen Lächeln an und legte die
Hand an seine Wange. »Du wirst die richtige Frau finden
und sie wird sehr großes Glück haben.«

»Warum erwägst du nicht eine Zukunft mit mir?«

»Ich habe dir gesagt, dass ich keine Kinder bekommen
kann. Das sollte ausreichen, um dich zu überzeugen. Ich
habe auch erklärt, dass mir mein Leben gefällt, wie es ist.
Außerdem müsste deine Frau jemand aus der Aristokratie
sein, nicht wahr?«

Sein Verdacht, dass sie seine Gefühle nicht erwiderte,
schien korrekt zu sein. Verdammt, er hatte nicht erwartet,
wie scharf dieser Schmerz sein würde. »Empfindest du dann
überhaupt nichts für mich? Über das Körperliche hinaus.«

»Ich mag dich sehr, aber ich werde nicht deine Frau werden.«

»Nicht einmal wenn ich dir meine Liebe gestehe?«

Sie schien den Kiefer anzuspannen. »Nicht einmal dann. Ich hoffe, du wirst meine Entscheidung respektieren.«

»Natürlich. Aber ich bin dennoch enttäuscht.« Er streckte die Hand nach ihr aus, in dem Versuch sie um ihr Kinn zu legen, doch dann ließ er sie in seinen Schoß sinken. »Falls dies etwas zu sagen hat, ist es mir egal, dass du nicht aus einer aristokratischen Familie stammst, und ich mache mir auch keine Gedanken darüber, ob du Kinder haben kannst, oder nicht.«

Er war überrascht, als ihm aufging, dass dies die Wahrheit war. Nach Alicias Geburt hatte er sie so verzweifelt gern behalten wollen. Konnte er wirklich ein Leben ohne Kinder akzeptieren? Als er zu Juliana schaute, wusste er, dass er es konnte. Es war Liebe, die er wollte und vor der er davongelaufen war.

Überraschung blitzte in ihren Augen auf. »Das tust du nicht?«

»Ich weiß, dass wir glücklich sein können.« Und falls sie sich – irgendwann – einverstanden erklärte, ihn zu heiraten, würde er ihr von seiner Tochter erzählen. Noch nie hatte er irgendjemandem von ihrer Existenz erzählt.

Ihre Züge spannten sich an. »Ich wünschte, ich könnte deinen Optimismus teilen.«

Ohne diesen Optimismus konnten sie keine gemeinsame Zukunft haben. Er stand auf. »Ich wollte dich nicht drängen. Verzeih mir. Meine Eltern haben eine Liebesbeziehung sowie auch mein Bruder, und du hast mich in meiner Überzeugung bestätigt, dass ich das auch will. Ich dachte … ich *hoffte*, du und ich könnten vielleicht ein Paar werden. Guten Tag.« Er neigte den Kopf und verließ die Bibliothek.

Anstatt sich auf sein Zimmer oder an einen anderen

stillen Ort im Haus zurückzuziehen, lenkte er seine Schritte zum Salon. Wenn er beim Whist-Turnier ohne Juliana erschien, würde den anderen seine Anwesenheit und ihre Abwesenheit auffallen. Sie würden darüber spekulieren, ob ihre Affäre vorbei war, was der Fall war.

Schmerz durchbohrte ihn, doch er stand darüber. Er würde sich nicht in seinem Selbstmitleid suhlen, zumindest nicht hier. Nach der Party in Roths Jagdhaus würde er noch genug Zeit zum Lecken seiner Wunden haben.

KAPITEL 8

*J*uliana wandte sich nicht an Lady Cosford, um sie zu bitten, dass Lucas und sie beim Abendessen nicht nebeneinandersäßen. Sie wollte vermeiden, die Aufmerksamkeit auf ihre Trennung zu lenken. Vielleicht wollte sie ihm aber auch einfach nur noch ein letztes Mal nahe sein.

Das war ein Fehler.

Der Verlauf des Dinners war langsam und mühselig gewesen, da sie sich bemühten, nicht miteinander zu sprechen. Sie glaubte nicht, dass er auch nur einen flüchtigen Moment in ihre Richtung geschaut hatte. Zum Schluss konnte sie den Speisesaal gar nicht schnell genug verlassen.

Ehe sie jedoch in die Bibliothek oder ihr Schlafzimmer flüchten konnte, kam Lady Cosford zu ihr und nahm sie auf dem Weg zum Salon zur Seite. Das Gespräch war kurz.

Lady Cosford schaute sie fassungslos an. »Was ist zwischen Ihnen und Audlington vorgefallen?«

Juliana war nicht bereit, sich in Einzelheiten zu ergehen. »Nichts.«

Stirnrunzelnd bohrte Lady Cosford weiter. »Es ist klar,

dass sich die Dinge zwischen Ihnen dramatisch abgekühlt haben – und zwar schnell. Es tut mir leid, das zu sehen.«

»Das muss es nicht.« Juliana sah sie mit einem strahlenden Lächeln an. »Ich denke, Sie wissen, dass der Viscount eine Frau sucht. Ich bin jedoch nicht auf der Suche nach einem Ehemann. Wir passen somit nicht zusammen.«

»Oh.« Lady Cosford wirkte niedergeschlagen, als hätte sie eine Art persönliches Interesse an Julianas und Lucas' Beziehung.

»Seien Sie nicht traurig«, meinte Juliana. »Das bin ich nicht. Kommen Sie, lassen Sie uns in den Salon gehen.«

Im Grunde wollte sie das gar nicht, aber sie hatte das Gefühl, einen Beweis liefern zu müssen, dass sie weiterhin in bester Laune war. Wenn Lady Cosford ihr Verhalten beim Abendessen bemerkt hatte, träfe das auch auf alle anderen zu.

Das bedeutete, die Neugier der Ladys über sich ergehen zu lassen. Juliana trank ihr erstes Glas Sherry sehr schnell aus und bat den Diener unverzüglich um Nachschub. Sie setzte sich absichtlich auf einen Sessel im äußeren Bereich des Raumes.

Lady Bradford, eine verwitwete Countess Anfang dreißig mit drei Töchtern, nahm im nächstgelegenen Sessel Platz und nippte an ihrem Sherry. »Kaum zu glauben, dass die Party schon fast zu Ende ist«, eröffnete sie das Gespräch.

»Mmm.« Juliana nippte an ihrem zweiten Glas ein wenig langsamer. Sie ahnte, dass es besser wäre, wenn sie das Gespräch führen könnte. »Haben Sie sich amüsiert?«

Die Witwe nickte. »Mehr als ich erwartet hatte. Und Sie?«

»Ebenfalls, denke ich. Das ist nicht mein typischer Zeitvertreib. Ich fühle mich bei Ihnen allen ein wenig fehl am Platz.«

»Das müssen Sie nicht. Wir sind alle mit den Cosfords

befreundet, und sie sind ein so reizendes Paar. Die beiden würden sich nur mit den nettesten Menschen umgeben, also sind wir alle würdig und wunderbar.«

Juliana lachte leise. »Was für eine positive Einstellung.«

»Ich bemühe mich. Es tut mir leid, dass es den Anschein hat, als hätten Lord Audlington und Sie sich zerstritten.«

Juliana verkrampfte sich und versuchte, einen nonchalanten Eindruck zu erwecken. »Tut es das?«

Lady Bradford wedelte mit ihrer freien Hand. »Ich wollte nicht aufdringlich sein. Verzeihen Sie mir.«

Die Witwe war wahrscheinlich etwa im gleichen Alter wie Lucas. Und sie war eindeutig in der Lage, Kinder zu zeugen. Dass es bisher nur Mädchen waren, bedeutete nicht, dass sie ihm keinen Erben schenken konnte. »Der Viscount ist ein durch und durch charmanter Gentleman«, entgegnete Juliana. »Er ist auf der Suche nach einer Frau, falls Sie das interessiert.«

»Das hat Sie nicht interessiert, nehme ich an?«

Mit einem leichten Lächeln schüttelte Juliana den Kopf. »Ich habe mich bequem eingerichtet.«

»Und Sie hegen keinen Wunsch, Mutter zu werden?« Lady Bradford trank einen Schluck Sherry. »Es ist schwierig, das gebe ich zu, aber ich habe drei Mädchen, die in einem ähnlichen Alter sind und dazu neigen, sich gegen mich zu verbünden. Sie scheinen zu glauben, dass sie an der Grenze zum Erwachsenwerden stehen, doch das ist ganz und gar *nicht* der Fall«, fügte sie mit einem Augenzwinkern hinzu. »Ich verstehe also, dass man sich nicht mit Kindern abgeben will.« Ihre runden Wangen nahmen ein wenig Farbe an. »Meine Güte, das klingt ein bisschen kalt. Ich liebe meine Mädchen. Wahrhaftig.«

Ein unangenehmes Ziehen machte sich in Julianas Bauch bemerkbar. Sie hatte nicht gedacht, das Muttersein zu vermissen – es war einfach nichts, worüber sie nach dem

Scheitern einer Schwangerschaft zu eingehend nachgedacht hatte. Warum sich mit dem quälen, was ihr nicht vergönnt war?

Ihr ging auf, dass sie versuchte, gegenüber Lucas die gleiche Haltung einzunehmen. Warum sollte sie sich mit Gefühlen für ihn quälen, wenn es keine Zukunft für sie gab?

Ihr Unwillen, diese Qualen zu ertragen, bedeutete nicht, dass die Gefühle nicht existierten. Sie *waren* da und lauerten in den Schatten. Es war genau wie vor fast zwei Jahren, als sie sich kennengelernt hatten. Sie hatte versucht, den Schmerz darüber zu verdrängen, dass er sie sitzen gelassen hatte, oder den Schmerz zumindest tief zu begraben.

Sie fürchtete sich davor, sich ihre wahren Gefühle einzugestehen, geschweige denn, sie zuzulassen. Vielleicht war sie die »Ausgerissene Witwe«?

Sie zwang sich zu einem milden Lächeln und meinte: »Ihre Töchter können sich glücklich schätzen, Sie als Mutter zu haben. Bitte entschuldigen Sie mich.«

Juliana verließ den Salon, ohne einen Blick zurückzuwerfen. Die Gedanken wirbelten in ihrem Kopf durcheinander, und ihre Kehle fühlte sich belegt an. Nicht einmal bei der Bibliothek hielt sie an, sondern sie ging gleich in ihr Zimmer hinauf.

Dort trank sie den Rest ihres Sherrys aus und stellte das leere Glas auf den Tisch. Vielleicht könnte sie nach einer ganzen Flasche klingeln. Das würde ihre Emotionen bestimmt in Schach halten.

Er wollte sie heiraten!

Sie war auf der Suche nach einer Affäre zu dieser Party gekommen, ohne zu ahnen, dass sie auf den Mann treffen würde, der ihr vor fast zwei Jahren das Herz gebrochen hatte. Ihr das Herz gebrochen? Was für ein Unsinn war denn das?

Oder doch?

Auch wenn sie sich damals im *Pack Horse* nicht in ihn verliebt hatte, und sie war sich nicht sicher, ob dem so war, so hatte sie dennoch *etwas* empfunden. Sie war hingerissen von seinem Umgang mit den Garretts gewesen – er hatte ihnen sein Zimmer überlassen und wahrscheinlich war er obendrein für die Kosten aufgekommen. Und er hatte sich als Zielobjekt für die Schneebälle ihre Kinder zur Verfügung gestellt. Sein anschließendes Verschwinden hatte nicht zu dem Mann gepasst, den sie kurz zuvor kennengelernt hatte.

Sie hatte die Episode verdrängt, als ob es ihr nicht wehgetan hätte, und als ob es sie *nicht* verletzen konnte. War das nicht ihre Strategie gewesen, seit ihre Ehe mit Vincent nicht ihren Erwartungen entsprochen hatte? Was würde passieren, wenn sie sich ihre wahren Gefühle für Lucas eingestehen würde? War sie bereit, zu bekennen, dass sie sich verliebt hatte?

All das war allerdings nicht von Bedeutung. Sie hatte keinen Grund zu der Annahme, dass eine Ehe mit ihm nicht das gleiche Ende nehmen würde wie ihre enttäuschende Ehe mit Vincent. Darüber hinaus war sie nicht imstande, Lucas einen Erben zu schenken, und das würde er ihr sicher nachtragen.

Ach, es ist weitaus unkomplizierter und weniger schmerzhaft, sich diese Dinge einzureden, als der Wahrheit ins Auge zu sehen, nicht wahr?

Ein heiseres Schluchzen ließ sie aufschrecken. Wie sie feststellte, war der Laut aus ihrem eigenen Mund gekommen. Sie drückte ihre zitternde Hand auf die Lippen.

Irgendwann war sie einmal zu dem Schluss gekommen, dass es besser war, sich nichts zu erhoffen, weder Liebe noch Glück noch Mutterschaft, denn dann konnte sie weder verletzt oder enttäuscht werden. Und nein, sie hatte keine Garantie, dass sich ein Risiko auszahlen würde – ihre Ehe war der beste Beweis dafür.

Anstatt nach Sherry zu läuten, setzte sich Juliana ans Feuer. Es wärmte sie nicht, was sie auch nicht erwartet hatte. Eine kalte Leere hatte sich in ihren Knochen eingenistet, und sie bezweifelte, dass sie wieder verschwinden würde.

Die Zofe, die Juliana zugeteilt worden war, betrat das Zimmer. »Oh! Ich wusste nicht, dass Sie hier sind. Ich wollte gerade das Bett vorbereiten. Benötigen Sie Hilfe?«

Juliana vermutete, dass die junge Frau ihr beim Entkleiden behilflich sein könnte. »Wenn Sie so nett wären.« Sie erhob sich aus dem Sessel und ihre Gliedmaßen waren hölzern, als sie auf ihren Ankleidebereich zuschritt.

Die Zofe war still, während sie Juliana ihres Abendkleides und ihrer Unterwäsche entledigte. Während Juliana ihr Nachthemd anzog, ging die Zofe, um das Bett aufzudecken. Dann schürte sie das Feuer.

Juliana, die sich reichlich nutzlos und generell erbärmlich fühlte, runzelte die Stirn. Das war nicht ihre Art. Sie hatte sich noch nie in ihrem Selbstmitleid gesuhlt. Nicht, als sie sich über das Scheitern ihrer Ehe klargeworden war, und schon gar nicht bei Vincents Ableben.

Sie hatte sich auch nie gestattet, wahrhaftig zu fühlen. Vielleicht war es an der Zeit, dass sie dies endlich zuließ.

»Also schön«, brummte sie, als würde sie vor einer unsichtbaren Macht kapitulieren.

»Wie bitte, Madam?«, fragte die Zofe und wandte sich vom Kamin ab.

»Nichts.« Juliana sah sie mit einem unbestimmten Lächeln an. »Ich danke Ihnen für Ihre Hilfe.«

Nachdem die Zofe wieder fort war, trat Juliana ans Feuer und streckte die Hände aus. Sie *konnte* ihre innere Kälte wärmen, und genau das würde sie auch tun. Vielleicht würde sie sich sogar Hilfe suchen. Es gab eine Person, die genau wusste, wie sie jede Faser von ihr wärmen konnte.

Sie warf einen Blick zu der Uhr auf dem Kaminsims.

Wahrscheinlich war es noch zu früh für Lucas, um sein Zimmer aufzusuchen, aber das hieß nicht, dass sie nicht auf ihn warten konnte.

Ermutigt, sich ihren Gefühlen zu stellen, drehte sie sich um und schritt zur Tür. Kurz bevor sie sie öffnete, hielt sie wie erstarrt inne. Wollte sie das wirklich? Ins Licht treten und zu ihren Gefühlen für Lucas stehen?

Wenn sie weiter wartete, wäre die Party vorüber, und ihrer beider Wege würden sich abermals trennen. Doch hatte er nicht davon gesprochen, nach Skipton fahren zu wollen, um sie zu besuchen? Vielleicht würde er ihr nachlaufen.

Nein. Sie hatte ihm eine unmissverständliche Absage erteilt. Sie konnte nicht von ihm erwarten, dass er sich ein weiteres Mal von ihr abweisen lassen würde.

Es war an ihr, den nächsten Schritt zu tun.

Langsam öffnete Juliana die Tür und vergewisserte sich, dass niemand in der Nähe war. Mit schnellen Schritten eilte sie zu Lucas' Zimmer. Sie stieß die Tür auf, ohne anzuklopfen, und trat ein.

Sein Zimmer war größer als ihres und besaß einen separaten Ankleideraum. Ihrer Vermutung nach lag dies daran, dass er ein Viscount war.

»Guten Abend, Mylord.« Die männliche Stimme ertönte genau in dem Moment von der Tür des Ankleidezimmers her, als der Kammerdiener über die Schwelle trat. Bei Julianas Anblick weiteten sich seine dunklen Augen. »Ihr seid nicht seine Lordschaft.«

»Nein. Erwarten Sie ihn?«

»Er ließ ausrichten, dass er sich vorzeitig zurückziehen möchte.« Der Mann, der einige Jahre jünger als Juliana war, runzelte die Stirn. »Ich dachte, Ihr wärt er, der hereingekommen war.«

Sie lächelte herzlich. »Ich werde einfach auf ihn warten.« Fast hätte sie noch hinzugefügt: »Wenn es Ihnen nichts ausmacht«, aber sie wollte keinen Grund heraufbeschwören, gehen zu müssen. Sie würde bleiben, bis sie gesagt hatte, was sie zu sagen hatte.

Ehe sie sich zu der Sitzgelegenheit am Kamin begeben konnte, öffnete sich die Tür hinter ihr. Sie drehte sich um und erblickte Lucas, der sie überrascht anstarrte. »Juliana.«

»Ich hoffe, es macht dir nichts aus, dass ich mit dir reden wollte. Ich habe deinem Kammerdiener gerade gesagt, dass ich auf dich warten wollte.«

Lucas starrte sie weiter an und murmelte: »Ich verstehe.« Schließlich blickte er in Richtung seines Kammerdieners. »Danke, Welton. Ich komme zurecht.«

Der Kammerdiener nickte und dann zog er sich in den Ankleideraum zurück.

»Bleibt er?«, fragte Juliana, und dachte, dass sie ihre Seele nicht vor einem Fremden preisgeben wollte.

»Es gibt eine Tür, die zur Dienstbotentreppe führt«, entgegnete Lucas. Er ging an ihr vorbei und warf einen Blick in den Ankleideraum. »Er ist fort.« Dann drehte er sich stirnrunzelnd zu ihr um. »Warum bist du hier? Ich kann mir nicht vorstellen, was wir uns noch zu sagen hätten.«

Hatte er sie wirklich so leicht aufgegeben?

War das nicht, was sie sich von ihm gewünscht hatte?

Sie holte tief Luft und ging langsam auf ihn zu. »Ich bin gekommen, um dir zu sagen, ich hatte ...« Sie zauderte. »Nein, ich *habe* Angst.«

Er runzelte die Stirn. »Wovor hast du Angst?«

Sie blieb vor ihm stehen, wo er in der Tür zum Ankleidezimmer stand. »Dass eine Ehe mit dir genauso enden wird, wie meine Ehe mit Vincent. Dass du die Tatsache bereuen wirst, keinen Erben von mir zu bekommen. Dass dich zu lieben und dich zu verlieren mich auf eine unerträgliche Weise verletzen würde.« Ihr Herz klopfte, als ob sie drei Treppen hinaufgerannt wäre.

Wieder starrte er sie an und sein Schock war unübersehbar. Er öffnete den Mund und dann schloss er ihn wieder. Dann zog er sie in seine Arme und küsste sie. Ein Gefühl der Freude wallte in ihr auf. Sie legte die Hände an seine Brust, und dann schob sie sie zu seinem Nacken empor. Wie konnte sie dieser Beziehung den Rücken gekehrt haben? Ihm?

Lucas brach den Kuss ab und schaute ihr in die Augen. »Du liebst mich? Weil ich dich liebe. Wie verrückt.«

»Da tue ich. Ich wollte nicht. Ich habe *versucht*, es nicht zu tun.«

»Weil du Angst hast.« Er liebkoste ihre Wange. »Du wirst mich nicht verlieren. Mach dir bitte keine Sorgen mehr darüber, dass ich dich wieder verlasse. Das werde ich ganz bestimmt nicht.«

Sie glaubte ihm, wie sie ihm auch glaubte, dass er versucht hatte, ihr eine Nachricht zu hinterlassen. »Ich weiß. Es ist nur … Was, wenn es nicht echt ist?«

Er sah sie weiter mit einem intensiven Blick an. »Ich weigere mich, dies in Betracht zu ziehen. Nichts hat sich jemals für mich echter angefühlt als die Liebe, die ich für dich empfinde.«

»Wirst du auch dann noch so fühlen, wenn ich dir keinen Erben schenke?« Sie flüsterte die Frage, und die Furcht schnürte ihr die Kehle zu.

Er streichelte ihr Gesicht. »Meine liebste Geliebte. Bis ans Ende aller Zeiten werde ich so empfinden. Ich kann dir nicht mit Worten sagen, wie sehr du mich berührt hast, und wie sehr du mir am Herzen liegst. Falls dein Mann so zu dir gesprochen hat, nur um dich dann nicht mehr zu lieben, sag mir das nicht. Ich kann das nicht für möglich halten.

»Das hat er nicht. Auch ich habe ihm nie gesagt, ich würde ihn lieben. Wir sagten Dinge wie ›Ich bete dich an‹ oder ›Du machst mich so glücklich‹, aber das Wort Liebe wurde nie gesagt.« Wahrscheinlich, weil es nie empfunden worden war. Sie fuhr mit ihren Händen an seinem Hals hinauf und drückte ihre Handflächen auf die Haut über seinem Kragen. »Als ich nach oben gegangen bin, ist mir klar geworden, dass ich ohne dich nicht sein kann. Noch wichtiger ist, dass ich mir meine Furcht eingestehen musste. Ich dachte nicht, dass ich mein Herz aufs Spiel setzen könnte, aber entweder das oder ich lasse zu, dass es unwiederbringlich gebrochen wird.«

»Ich verspreche, dein Herz mit meinem ganzen Wesen zu schützen. Willst du es mir anvertrauen und meine Frau werden?«

Juliana stieß einen zittrigen Atemzug aus, als ihr die Brust eng wurde. »Ja.«

Lachend hob er sie hoch und wirbelte sie im Kreis herum, bevor er sie wieder absetzte und abermals küsste. »Du hast mich gerade zum glücklichsten Mann auf Erden gemacht. Ich hatte schon beabsichtigt, morgen früh abzureisen. Ich konnte es nicht ertragen, in deiner Nähe zu sein und zu wissen, dass unsere Wege sich trennen müssten.«

»Es tut mir leid, dir das angetan zu haben. Und ich kann nicht versprechen, mir keine Sorgen zu machen, dass dies nur von kurzer Dauer sein wird.«

»Das wird es nicht. Das kann ich dir versprechen.«

Sie glaubte nicht, dass er dazu imstande war, aber sie schätzte seine Entschlossenheit. Ihn mit Vincent zu vergleichen, war nicht fair, und das würde sie nicht noch einmal tun. Gütiger Himmel, sie würde Viscountess werden. »Ich weiß nichts über den Adelsstand.«

Er zog eine Schulter hoch. »Du kennst mich. Recht gut, will ich meinen.«

»Aber was ist mit deinen Eltern? Deinem Bruder? Was, wenn sie mich nicht mögen? Was, wenn die Gesellschaft mich verabscheut?« Ach du lieber Himmel, sie würde die Saison in London verbringen müssen. Ihr zukünftiger

Ehemann war ein Mitglied des Parlaments! Wahrscheinlich würde es alle erdenklichen gesellschaftlichen Anforderungen geben.

Juliana fühlte sich allmählich überwältigt. Sie löste sich aus seiner Umarmung und setzte sich auf die Bettkante.

Er kam zu ihr, kniete nieder und nahm ihre Hand in die seine. »Meine Familie wird dich genauso lieben wie ich.« Er wiegte den Kopf von einer Seite zur anderen. »Vielleicht nicht *so* sehr, und das ist auch gut so. Meine Eltern werden überglücklich sein, dass ich heiraten werde. Du könntest eine Kübelpflanze sein und sie würden sich genauso freuen.«

Juliana lachte. »Nun, das ist nicht besonders schmeichelhaft.«

Er zog eine Grimasse und schüttelte dann den Kopf. »Nein, das war es nicht. Ich meine nur, dass es nicht so sehr darauf ankommt, wer du bist, sondern dass ich endlich die Liebe gefunden habe.«

»Liebe ... nicht nur eine Ehefrau?«

»Letzteres war eine Bedingung, aber Ersteres haben sie sich erhofft, glaube ich. Ich kann es kaum erwarten, dass du sie kennenlernst. Und meinen Bruder mit seiner Frau.«

Sie hoffte nur, dass ihre Bekanntschaft mit ihnen so reibungslos verlaufen würde, wie er es sich vorstellte. »Ich gestehe, ich bin ein bisschen überwältigt.«

»Wenn du meine Mutter kennenlernst, wirst du sofort erleichtert sein. Sie wird dich auf jede Weise anleiten, die du dir wünschst. Und die Gesellschaft wird deine Kultiviertheit und deinen Scharfsinn bewundern. Ich zweifle nicht daran, dass du eine wunderbare Viscountess werden wirst. In Wahrheit habe ich bislang noch niemanden getroffen, den ich mir für diese Rolle gewünscht hätte. Es scheint, als hätte ich nur darauf gewartet, dass du sie perfekt ausfüllst.«

Sie lachte wieder. »*Das* nenne ich eine Schmeichelei. Was machst du überhaupt dort unten?« Sie zerrte an seiner Hand.

»Siehst du nicht, dass ich bettfertig bin? Und du hast viel zu viele Kleidungsstücke an.«

»Das sehe ich«, entgegnete er seidenweich, während er mit der freien Hand über ihr nacktes Bein unter dem Morgenmantel und dem Nachthemd hinaufstrich. Er streichelte über die Innenseite ihres Knies und dann über ihren Oberschenkel, was ihr ein leises Aufstöhnen entlockte. Er ging noch weiter, und sie spreizte die Beine für seine Erkundung. Als er bei ihrem Geschlecht ankam, strich er an ihrem Fleisch entlang und tauchte seine Fingerspitze in sie ein. »Und ich kann spüren, dass du feucht bist. Hmm, hier unten scheint plötzlich der perfekte Ort für mich zu sein.« Er ließ von ihrer Hand ab. »Ich denke, ich werde beide Hände benötigen. Und auch meinen Mund.«

Er schob ihre Kleidung nach oben, und sie löste eiligst ihren Morgenmantel, um das Kleidungsstück dann von den Armen zu streifen. Inzwischen war ihr Nachthemd an ihrer Taille emporgeschoben, und er hatte ihre Schenkel gespreizt, um ihr Geschlecht zu entblößen.

Juliana verflocht ihre Hand in seinem Haar. »Tu dein Schlimmstes.«

Er brachte seinen Kopf zwischen ihre Beine und sein Atem streichelte und erregte sie. »Im Gegenteil, meine Liebe, ich werde mein absolut Bestes geben.«

KAPITEL 9

Nachdem er Juliana kurz vor Sonnenaufgang zu ihrem Zimmer begleitet hatte, lag Lucas hellwach in seinem Bett, denn er war zu glücklich, um zu schlafen. Er konnte es noch nicht so recht fassen, dass er nun verlobt war. Im Grunde genommen war es eher so, dass er nicht fassen konnte, sich endlich verliebt zu haben. Und dass seine Liebe erwidert wurde.

Das war genau das, was er während seiner Kindheit erlebt hatte – die Liebe seiner Eltern. Dann hatte sein Bruder sich hoffnungslos in seine Frau verliebt. Lucas war so sicher gewesen, dass dies ihm nicht beschieden sein würde. Seiner Vermutung nach hatte er, wie auch Julia, Angst gehabt. Der Erfolg seiner Familie in der Liebe und der Ehe stellte eine große Herausforderung dar, der es schwer machte, ihm gerecht zu werden.

Er freute sich darauf, ihnen Juliana vorzustellen. Zuerst würden sie jedoch Julianas Eltern besuchen, damit er sie kennenlernen konnte, dann würden sie ihr Pferd und andere Habseligkeiten aus ihrem Haus in Skipton abholen sowie Vorkehrungen treffen, damit ihre übrigen Sachen nach

Northwich geschickt werden konnten. Dort würde sie dann seine Familie kennenlernen und – was am allerwichtigsten war – das Aufgebot würde verlesen werden.

So sehr er sich auch bemüht hatte, Juliana zu versichern, seine Frau zu werden, musste er doch eingestehen, sich bezüglich der Reaktion seines Vaters ein wenig nervös zu fühlen. Seine Mutter würde überglücklich sein, dass er sich verliebt hatte, aber sein Vater hoffte wahrscheinlich, dass Lucas eine gute Partie machen würde, und zum Beispiel die Tochter des Marquess of Hartley heiratete, die er schon seit Monaten befürwortete. Sie war mehr als zehn Jahre jünger als Lucas und fürchtete sich offenbar vor ihrem eigenen Schatten. Das hatte zumindest Lucas' Schwägerin behauptet, die mit der Schwester der jungen Lady bekannt war.

Es gab nur eine Möglichkeit, um sicherzustellen, dass sein Vater Juliana mit offenen Armen empfing. Lucas könnte ihm von Alicia erzählen. Er würde sich so sehr darüber aufregen, dass Lucas ein uneheliches Kind gezeugt hatte – etwas, wovor er ihn gewarnt hatte, seit er ihn vor mehr als zehn Jahren als Draufgänger abgestempelt hatte –, dass er Lucas Heiratsabsichten tröstlich finden würde.

Welton war mit Lucas' Krawattenschal fertig und trat einen Schritt zurück. »Ihr seht aus wie ein Mann, der seine Verlobung bekannt geben will, Mylord.«

Lucas hatte Welton an diesem Morgen über die Neuigkeiten informiert, als der Kammerdiener gekommen war, um ihm das Frühstück zu bereiten. »Ich danke Ihnen. Und ich weiß Ihre Diskretion zu schätzen, was die Art und Weise betrifft, wie Mrs. Sheldon und ich unsere Nächte während des Festes verbracht haben.«

»Ich habe kein Wort gesagt, Mylord, obwohl ich gefragt worden bin.« Der Kammerdiener zwinkerte, während er das Ankleidezimmer aufräumte.

»Deshalb sind Sie auch ein wunderbarer Kammerdiener.«

Lucas klopfte ihm auf die Schulter, ehe er sich verabschiedete. Leise pfeifend begab er sich auf den Weg zu Julianas Zimmer.

Als er dort ankam, klopfte er an ihre Tür und verstummte, als sich ein Lächeln auf seine Lippen stahl. Sie begrüßte ihn ebenfalls mit einem Lächeln. »Guten Morgen. Du siehst ausgeruhter aus, als ich weiß, dass du es bist.«

Lucas´ Lächeln wurde breiter. »Das liegt wohl an der Freude, denke ich. Ich fühle mich ausgeruhter, als ich es sein sollte.«

Juliana gähnte. »Ich nicht. Ich habe kaum geschlafen, nachdem ich in mein Zimmer zurückgekehrt bin.« Sie schloss die Tür und nahm seinen Arm.

Sie gingen auf die Treppe zu. »Ich habe kein Auge zugetan«, sagte er fröhlich. »Ich war zu aufgedreht.«

»Nun, wir werden reichlich Schlaf bekommen, wenn wir meine Eltern besuchen, denn dort werden wir kein Bett teilen.«

»Ich kann mich trotzdem in dein Zimmer schleichen«, flüsterte er und lehnte sich dicht an ihr Ohr.

Sie schaute ihn mit großen Augen an. »Auf keinen Fall vor den Augen meiner Eltern! Du musst dich benehmen. Oder ich lasse dich in einem Gasthaus übernachten.«

»Das macht keinen Spaß.« Er seufzte, als sie den Fuß der Treppe erreichten.

Juliana hielt inne und drehte sich ein Stück weit zu ihm um. »Weißt du, was Spaß machen würde? Wenn wir Lord und Lady Cosford erlauben würden, die Verlobung zu verkünden. Es hat sich herausgestellt, dass ihre Partnervermittlungsparty ein großer Erfolg ist.«

»Was für eine geniale Idee. Komm, wir sagen es ihnen.«

Sie fanden ihre Gastgeber vor dem Speisesaal und zogen sie beiseite, um ihnen die Neuigkeiten mitzuteilen. Lady

Cosford war hocherfreut. »Noch ein Treffer!«, verkündete sie.

Lucas und Juliana tauschten überraschte Blicke aus.

»Hat sich noch jemand verlobt?«, fragte Juliana.

»Nicht in diesem Jahr, aber der Duke of Warrington hat letzten Herbst hier seine Braut gefunden.« Lady Cosford grinste. »Sie passen hervorragend zusammen, und ich hatte so gehofft, sie würden dieses Jahr kommen. Jedoch ist gerade erst ihr erstes Kind zur Welt gekommen.«

Cosford blickte zu Lucas. »Sie wollen wirklich, dass ich Ihre Verlobung bekannt gebe?«

»Das ist unser Wunsch«, entgegnete Lucas und blickte zu seiner schönen zukünftigen Frau.

»Dann lassen Sie uns die Sache angehen!«, meinte Cosford und machte den beiden ein Zeichen, ihm und Lady Cosford in den Speisesaal zu folgen.

Als Lucas Juliana in den Speisesaal führte, wurde die Unterhaltung leiser. Dann wurde sie wieder lauter, vielleicht sogar lauter als zuvor. Nachdem sie ihre Teller an der Anrichte aufgefüllt hatten, gingen Lucas und Juliana zum Tisch und setzten sich zusammen. Im Laufe der nächsten Viertelstunde trudelten die übrigen Gäste ein, und es schien, als ob bei diesem Frühstück alle vertreten sein würden.

Als sämtliche Gäste Platz genommen hatten, sah Cosford mit fragend hochgezogener Augenbraue zu Lucas: »Jetzt?« Lucas nickte.

Cosford nahm am Kopfende des Tisches Aufstellung. »Es ist mir ein Vergnügen, heute Morgen eine Ankündigung zu machen. Er blickte zu seiner Linken und lächelte Lucas und Juliana an. »Es ist mir eine große Ehre, die Verlobung von Lord Audlington und Mrs. Sheldon bekannt zu geben!«

Lucas nahm Julianas Hand unter dem Tisch und drückte sie. Sie strahlte ihn an, und er fragte sich, wie es mit jedem Moment immer besser und besser werden konnte.

Applaus und Hochrufe brachen am Tisch aus. Rotherham hob sein Glas mit Ale. »Ein Toast auf das verlobte Paar!«

Alle hoben darauf ihre Gläser und riefen »Hurra!«

Mehrere Ladys sprangen auf und umringten Juliana. Die Gentlemen am Tisch ließen Geld hin und her wandern, als sie ihre Wettschulden beglichen, was Cosford veranlasste, die Stirn zu runzeln.

Nach mehreren Minuten beruhigten sich die Dinge und Lucas und Juliana gingen ihr Frühstück holen. »Das war ein ganz schöner Zuspruch. Haben die Frauen Wetten darauf abgeschlossen, ob wir uns verloben würden?«

»Oh, ja. Sie werden ihre Wettschulden später begleichen.«

»Die Männer waren nicht so zurückhaltend«, bemerkte Lucas.

Zusammen nahmen sie ihre Plätze ein und ein paar Minuten später trat ein Diener mit Gläsern voll Champagner auf einem Tablett ein, die er am Tisch verteilte. Die Unterhaltung kam wieder richtig in Schwung und Juliana errötete. »Dies ist überaus freundlich von Cosford«, meinte sie.

Lucas gab ihr ein Glas, ehe er sein eigenes ergriff. Ihr Gastgeber stand am Kopfende des Tisches und lächelte sie direkt an. Mit erhobenem Glas verkündete er: »Lassen Sie uns einen Toast auf den Viscount Audlington und seine zukünftige Viscountess ausbringen!«

»Hurra!«

»Hört! Hört!«

Alle hoben sie ihre Gläser und tranken. Darauf folgten mehrere weitere Trinksprüche und die Gläser waren schnell geleert. Die Diener beeilten sich, sie wieder zu füllen.

Als alle Toasts ausgebracht waren, stand Cosford wieder auf und verkündete, dass an diesem Nachmittag ein Picknick stattfinden würde, auf das ein Ball folgen würde, der das offizielle Ende der Party darstellte. »Eine letzte Bemerkung. Ich hatte gebeten, dass keine Wetten auf das Ergebnis dieser Party abgeschlossen würden. Diese Bitte wurde eindeutig ignoriert. Ich bitte sie inständig, Ihre weiteren Geschäfte im Privaten abzuwickeln.« Auf eine eher übertriebene Weise verdrehte er die Augen und dann nippte er an seinem Champagner, ehe er wieder Platz nahm.

»Du glaubst doch nicht, dass er wirklich verärgert ist?«, fragte Juliana.

Lucas schüttelte den Kopf. »Überhaupt nicht. Aber die Männer können sich ein Beispiel an den Ladys nehmen – Vorsicht ist besser als Nachsicht.«

Als das Frühstück voranschritt, dachte Lucas an seine Zukunft mit Juliana, wie sie ihr Frühstück zusammen genießen und den Tag gemeinsam beginnen würden. Während der Saison würden sie in seinem Haus in London leben, aber was wäre mit der anderen Zeit des Jahres? Northwich war groß, aber vielleicht wollte sie ihr eigenes Haus führen. Sein Vater besaß mehrere Anwesen und Lucas´ jüngerer Bruder lebte mit seiner wachsenden Familie in einem davon.

Lucas blickte zu Juliana hinüber. Konnte sie wirklich keine Kinder bekommen? Es wäre überaus arrogant von ihm zu glauben, dass er Kinder mit ihr zeugen könnte, wenn andere Männer das nicht fertiggebracht hatten. Und er wusste, dass er Kinder haben *konnte*.

Das Bild seiner Tochter kam ihm in den Sinn. Er hatte sie genau zweimal seit ihrer Geburt im vorigen Frühling gesehen.

Er musste Juliana von ihr erzählen – und das würde er auch. Sobald sie morgen die Party verlassen hätten. Hoffentlich würde sie Verständnis für sein Bedürfnis haben, Alicia mindestens zweimal im Jahr zu sehen, was er mit Caroline, ihrer Mutter, vereinbart hatte, und auch für sein Versprechen, immer für sie zu sorgen. Er zahlte für ihr Haus in

Manchester wie auch für ein Kindermädchen und eine Haushälterin, die den beiden helfen sollten.

Sobald Juliana und er verheiratet wären, würde er an Caroline schreiben und sie fragen, ob er Juliana zu Alicia mitbringen dürfte. Er freute sich auf diese Begegnung und hoffte, dass Juliana Alicia ebenso ins Herz schließen würde, wie er es getan hatte.

»Lucas?« Juliana hatte seinen Namen leise gesagt und zusammen mit ihrem

aufmerksamen Blick riss ihn dies aus seiner Träumerei. »Wo bist du gewesen?«

»Ich habe über unsere wundervolle Zukunft nachgedacht«, entgegnete er und wünschte sich beinahe, die Hausparty wäre schon heute zu Ende und nicht erst morgen. »Ich kann es kaum erwarten, dass sie anfängt.«

~

Juliana streckte sich, als sie sich im Bett aufsetzte. Ihre Glieder waren herrlich träge, nachdem sie bis mitten in der Nacht mit Lucas in ihrem Bett herumgetollt war. Morgen würden sie in einem Gasthaus übernachten, ehe sie übermorgen das Heim ihrer Eltern in Leeds erreichten. Er hatte darauf bestanden, dass sie als Lord und Lady Audlington übernachten würden. Dagegen hatte sie keine Einwände erhoben.

Ein paar Minuten später kam die Zofe herein. Sie trat direkt ans Bett und wünschte Juliana einen guten Morgen. »Ich habe eine Nachricht für Sie.« Sie reichte Juliana ein gefaltetes Schriftstück.

Juliana öffnete das Schreiben und überflog die kurze, offensichtlich in aller Eile verfasste Mitteilung.

Meine Liebste,

es tut mir aufrichtig leid, dass ich Dich schon wieder verlassen muss, doch ich muss mich um einen dringenden Notfall kümmern. Ich verspreche, Dich nicht im Stich zu lassen, und ich werde Dir alles erklären, wenn wir wieder vereint sind. Du sollst wissen, dass ich Dich liebe. Ich komme zu Dir nach Skipton, sobald es mir möglich ist.

In aller Liebe,
Lucas

Er hatte sie *erneut* verlassen?

Wenigstens hatte er diesmal eine Nachricht geschrieben. Allerdings ohne Erklärung. Was um alles in aller Welt war so schlimm, dass er aufbrechen musste, ohne sich vorher von ihr zu verabschieden, und was er nicht erklären wollte? War jemand in seiner Familie erkrankt? Das hätte er sicherlich sagen können. Was verheimlichte er ihr? Warum hatte er ihr nicht verraten, wohin er unterwegs war? Und warum wollte er sie in Skipton treffen und nicht in Leeds, wohin sie als Nächstes hatten reisen wollen? Vielleicht wollte er ihre Eltern doch nicht treffen. Weil er seine Meinung geändert hatte. Wollte er alles absagen?

Frustration und Wut kämpften mit ihrer Sorge um die Wette, während sie sich durch ihre Toilette quälte. Sobald sie fertig war, eilte sie die Treppe nach unten und fand Cecilia im Speisezimmer. Juliana rang sich ein sprödes Lächeln ab und bat ihre Gastgeberin um ein Gespräch.

»Gewiss.« Cecilia erhob sich vom Tisch und führte Juliana aus dem Speisezimmer in einen kleineren Frühstücksraum, den sie offenbar benutzten, wenn sie lediglich im Familienkreis speisten.

»Ich bedauere, Sie beim Essen zu stören«, meinte Juliana händeringend.

»Sie scheinen ganz durcheinander zu sein. Was ist denn passiert?«

»Audlington ist fort, und ich weiß nicht, wohin er unterwegs ist.«

Cecilia schnappte nach Luft. »Hat er Ihnen nichts gesagt?«

»Er hat eine sehr kurze und etwas vage Nachricht hinterlassen. Ich habe mich gefragt, ob vielleicht jemand aus dem Haushalt weiß, wohin er will. Vielleicht haben die Kutscher oder Stallknechte sein Reiseziel besprochen?«

Und was würde Juliana tun, wenn sie das Ziel seiner Reise in Erfahrung gebracht hätte? Würde sie ihm folgen? Was könnte das schon Gutes bewirken?

»Ach was, es ist einerlei«, meinte Juliana ruhig und ignorierte den Aufruhr der Gefühle in ihrem Inneren. Sie war eine Närrin gewesen, sich Gefühle zu erlauben. Am liebsten würde sie alles hinter einer verschlossenen Tür wegsperren und den Schlüssel an einer Stelle verstecken, wo sie ihn niemals wiederfinden würde.

»Sind Sie sich sicher?« Cecilia runzelte die Stirn. »Ich bin überzeugt, dass wir ihn aufspüren können.«

»Das ist unnötig. Er hat versprochen, mich aufzusuchen, um es zu erklären.«

»Hier? Sie können so lange bleiben, wie Sie wollen.«

»Nein, vielen Dank.« Juliana wollte sich so rasch wie möglich auf den Weg nach Skipton machen. »Ich weiß Ihre Gastfreundschaft sehr zu schätzen.«

Cecilias Gesichtszüge waren von Kummer gezeichnet. »Sie werden doch noch heiraten, oder?«

»Ich glaube schon.« Doch mit jeder Stunde und jedem Tag würden Julianas Zweifel wachsen.

»Kommen Sie, wir besorgen Ihnen ein Frühstück.« Cecilia schenkte ihr ein herzliches Lächeln.

Juliana schätzte die Großherzigkeit dieser Frau und ihre Freundschaft. »Danke, aber ich glaube, ich werde nach oben gehen und packen.«

»Soll ich etwas zu Essen hochschicken lassen?«, bot Cecilia an.

Obwohl sie nicht sonderlich hungrig war, wollte Juliana nicht ablehnen. »Nur einen kleinen Teller. Danke.«

Cecilia umarmte sie kurz und drückte ihr einen Kuss auf die Wange. »Es wird alles gut werden. Ich konnte sehen, wie sehr Audlington in Sie verliebt ist – alle konnten das. Ihre Liebe erinnert mich an die Zeit, als ich mich in Cosford verliebte.«

Juliana schenkte ihr ein halbes Lächeln. »Inwiefern?«

»Zu Beginn der Party schienen Sie sich uneins zu sein, doch dann verliebten Sie beide sich noch vor dem Ende der Party. Cosford und ich haben vor Jahren mit unseren Eltern an einer Weihnachtsfeier teilgenommen – man wollte uns zusammenbringen, aber wir hassten einander seit einer Feier fünf Jahre zuvor. Wir begannen als Feinde, endeten aber als Liebende.« Sie senkte ihre Stimme zu einem leisen Flüstern. »Buchstäblich, weil wir über Nacht in einer Holzfällerhütte festsaßen. Es war gut, dass wir uns ineinander verliebten, denn wir wären so oder so gezwungen worden zu heiraten.«

»Das ist ein großer Glücksfall.« Juliana konnte sich nicht vorstellen, gezwungen zu werden, jemanden zu heiraten, den man nicht mochte.

»Das war es in der Tat.» Cecilias Augen funkelten vor Heiterkeit. »Ich werde einen Teller hochschicken.»

»Danke.« Ehe sie wieder nach oben ging, um ihre Sachen zu packen, suchte Juliana den Butler auf, den sie darum bat, ihre Kutsche vorbereiten zu lassen. »Ich werde in einer Stunde abreisen.«

»Gewiss, Madam. Ich werde unverzüglich Nachricht in die Stallungen schicken lassen. Es tut mir leid, dass Lord Audlington so früh abreisen musste.«

Sie konnte es sich nicht verkneifen, weitere Informationen zu erbitten, falls es welche gab, und erkundigte sich: »Wissen Sie, wie spät es war?«

»Es war kurz nach Sonnenaufgang. Er hat sich ein Pferd geliehen, und seine Kutsche folgte kurz darauf.«

»Wissen Sie, wohin er unterwegs ist?« Nein, das wollte sie nicht wissen! Und dennoch wollte sie es.

»Ich weiß es nicht, aber ich kann den Stallmeister fragen, wenn Sie wünschen.«

Sie könnte sich also mit diesem Wissen quälen und nichts dagegen unternehmen? »Das wird nicht nötig sein. Ich danke Ihnen, Vernon. Sie führen einen ausgezeichneten Haushalt. Meine Zofe war hervorragend.«

»Es freut mich, das zu hören. Ich danke Ihnen, Madam.«

Juliana begab sich in ihr Zimmer und fing mit dem Packen an. Sie würde über Nacht unterwegs sein, und dann am nächsten Abend wieder in ihrem eignen Bett liegen. Was noch wichtiger war, sie würde am nächsten Morgen wieder auf ihrem Pferd sitzen.

Der Gedanke, zu ihrer Routine zurückzukehren, besänftigte das Chaos der Gefühle, das Lucas ausgelöst hatte. Sie sehnte sich, diese Gefühle – und den ausgerissenen Viscount – endgültig abzuschütteln.

KAPITEL 10

*E*ine Woche später, nach einem belebenden und wundervollen Ritt auf Clio, nippte Juliana an ihrer Lieblingsteetasse in ihrem Lieblingssessel, der in ihrem Lieblingszimmer ihres kleinen Cottages stand. Die Bibliothek war neben ihrem Salon der zweitgrößte Raum im Erdgeschoss, was allerdings nicht bedeutete, dass sie groß war. Nein, alles war kompakt und gemütlich, mit Regalen voller Bücher und mit Fenstern, die drei unterschiedliche Aussichten boten und ihr einen Blick zur Vorder- und Rückseite des Hauses sowie auch zur Seite erlaubten.

»Guten Tag, Mrs. Holloway««, ertönte die tiefe Stimme ihres Schwagers Lowther Sheldon im Flur.

Die Haushälterin versuchte ihm zu erklären, dass Juliana nicht zu sprechen sei, was aber nichts nützte. Den Hut in der Hand stürmte Lowther in die Bibliothek.

»Guten Tag, Juliana«, begrüßte er sie und wischte sich mit dem Handrücken über seine breite, glänzende Stirn. Sein blondes Haar war bereits um einige Zentimeter zurückgewichen.

»Guten Tag, Lowther«, murmelte sie, bevor sie einen

weiteren Schluck Tee trank. »Ich wollte gerade einen Spaziergang machen.« Das wollte sie nicht, aber sie würde die zwei Meilen in die Stadt gern auf Knien kriechen, wenn er dann gehen würde.

»Ich werde nicht lange bleiben«, meinte er, als er sich auf das Sofa neben ihrem Stuhl setzte.

»Wunderbar.« Juliana fragte sich, wann er auf den Punkt kommen würde. Stets hatte er einen Grund für seine Besuche. Oft lobte er seinen besten Freund Piers Clementson, der nun schon seit fast drei Jahren versuchte, Juliana den Hof zu machen.

»Hast du dich inzwischen von der Hausparty erholt?«, fragte Lowther und setzte sich auf dem Sofa zurück, was darauf hindeutete, dass sein Besuch nicht so kurz ausfallen würde, wie er behauptet hatte.

»So gut wie.« Juliana konnte sich noch immer nicht davon überzeugen, dass sie für Lucas nichts weiter als Lust empfunden hatte, doch sie arbeitete hart daran.

»Ausgezeichnet. Ich habe Piers für morgen Abend zum Essen eingeladen, und du musst dich zu uns gesellen.«

Juliana schenkte ihm ein mildes Lächeln. »Ich fürchte, ich bin verhindert. Ich esse bereits mit einer meiner Freundinnen.« Das war nicht der Fall, aber genau das würde sie planen, sobald er gegangen war.

Lowther machte ein zweifelndes Gesicht, wobei seine schmalen Lippen praktisch verschwanden. »Dann am Abend darauf.«

»Da spiele ich Karten.« *Das* stimmte.

»Du bist viel zu beschäftigt.« Er stieß ein künstliches Lachen aus, das in Julianas Ohren knirschte. »Dann eben am nächsten Abend, und da akzeptiere ich kein Nein.«

Vor der Hausparty hätte Juliana kapituliert und sich gezwungen, einen verkürzten Abend in seinem Haus zu ertragen – dann hätte sie sich wegen Kopfschmerzen frühzeitig verabschiedet. Aber nachdem sie sich ein zweites Mal wie eine Närrin gefühlt hatte, war sie zu der Entscheidung gekommen, genau das zu tun, was sie wollte und wann sie wollte. Und sie wollte *nicht* mit Lowther oder seinem Freund zu Abend essen. Ehrlich gesagt, liebte sie alles an ihrem Platz im Leben, ausgenommen die Nähe zu ihrem widerlichen, neugierigen Schwager.

»Nein, Lowther«, widersprach sie fest. »Ich werde nicht mit dir und Mr. Clementson dinieren. Du versuchst ständig, eine Verbindung herzustellen, und ich muss dir noch einmal sagen, dass ich kein Interesse daran habe, ihn oder einen anderen zu heiraten. Du musst aufhören, dich einzumischen, und du musst aufhören, uneingeladen in mein Haus zu platzen.« Sie erhob sich aus ihrem Sessel und machte ihr Rückgrat steif. »Bitte geh, damit ich meinen Spaziergang machen kann.«

Lowther blickte zu ihr auf, und sein Kiefer arbeitete. Er öffnete den Mund, um ihn dann wieder zu schließen. Schließlich stand er auf. »Es gibt keinen Grund, unhöflich zu sein.«

»Ich bin nicht unhöflich. Ich bin klar und deutlich. Zumindest hoffe ich, das zu sein. Verstehst du, dass du nicht in mein Haus kommen solltest, wenn du nicht eingeladen bist?«

Er schaute sie an.

»Antworte mir, bitte.«

»Ja.«

Sie konnte hören, wie er mit den Zähnen knirschte. »Und du verstehst, dass ich Mr. Clementson nicht heiraten will und dass du deine Bemühungen, uns zusammenzubringen, einstellen wirst?«

»Wenn du meinst«, murmelte er.

»Bitte sag, dass du es verstanden hast, Lowther.« Sie sprach laut, aber sie schrie nicht. Es war schwierig, denn sie wollte schreien und einige undamenhafte Wörter benutzen.

»Ich verstehe, dass du Piers nicht heiraten willst. Er wird am Boden zerstört sein.«

»Ich wage zu behaupten, dass er sich erholen wird.« Juliana wusste, dass das Einzige, was sie für Piers interessant machte, das Erbe war, das Lowthers Bruder ihr hinterlassen hatte. Sie hatte einen Anspruch am Besitz und wenn sie Piers heiratete, würde sie es ihm überlassen.

»Du begehst einen groben Fehler. Vincent würde dich glücklich sehen wollen und Piers würde das bewerkstelligen.«

Juliana machte sich nicht die Mühe, ihm zu erklären, dass Vincent gewusst hatte, sie damit glücklich machen zu können, ihr eine Erbe zu hinterlassen, damit sie unabhängig sein konnte, und nicht jemanden zu heiraten, an dem ihr nichts lag. Sie wünschte, sie könnte ihm für diese Voraussicht danken, mit der er dafür gesorgt hatte, dass sie mit dieser Freiheit in der Lage war, das Leben zu führen, das sie wollte und sie ihre eigenen Entscheidungen treffen konnte.

»Du lächelst!«, mokierte Lowther sich in einem anklagenden Ton. »Du weißt, dass Piers dich glücklich machen würde. Ha!«

»Ich werde Abstand davon nehmen, dir zu sagen, dass ich mir vorgestellt habe, wie Vincent über deinen Vorschlag lachen würde. Der Grund, warum er dafür gesorgt hat, dass ich eine großzügige Abfindung erhalte, war, mir die Freiheit zu bieten, unverheiratet zu bleiben.« Das hatte er ihr vor seinem Tod eröffnet, und ehrlich gesagt fragte sie sich, ob er sie nicht wenigstens ein bisschen geliebt hatte, selbst wenn er ihr das nie gesagt hatte. Vielleicht hatte Vincent aber auch gewusst, was für eine schreckliche Nervensäge sein Bruder sein würde, und wollte sichergehen, dass sie sich gegen ihn behaupten konnte. Ob so oder so, war sie ihrem ehemaligen Ehemann in diesem Moment sehr dankbar.

»Vincent hätte nie über den Vorschlag gelacht, dass du wieder heiraten solltest«, ereiferte sich Lowther.

Juliana winkte ihn zur Tür. »Zeit für dich zu gehen, Lowther. Du hast gesagt, nicht lange zu bleiben, und das kommt jetzt schon sehr nahe an ... lang heran.«

Mit finsterer Miene begab er sich zur Tür der Bibliothek und unternahm einen weiteren Versuch, sich ihr wieder zuzuwenden. Juliana schenkte ihm jedoch ein unerbittliches Lächeln, ehe sie ihm die Tür vor der Nase zuschlug.

Sie hörte, wie er etwas von Undankbarkeit und aufmüpfiger Unabhängigkeit murmelte, ehe die Außentür ins Schloss fiel. Sie zog die Tür der Bibliothek nur einen Spalt auf und schaute nach, ob Mrs. Holloway im Flur war.

Die Haushälterin, die gleichzeitig als Julianas Zofe diente, war eine äußerst adrette Frau Mitte fünfzig. Mit geschürzten Lippen stand sie mitten im Flur. Sie nickte Juliana zu, ehe sie sich umdrehte und im hinteren Teil des Hauses verschwand, wo sie sich zweifelsohne in die Küche begeben würde, um der Köchin bei der Zubereitung des Dinners behilflich zu sein. Oder sie würde, was noch wahrscheinlicher war, eine Tasse Tee trinken und der Köchin erzählen, was mit Lowther vorgefallen war. Das brachte Juliana zum Lächeln – es war weniger Klatsch als vielmehr ein Zeichen der Unterstützung für Juliana.

Ein Klopfen ertönte an der Außentür. »Der verdammte Idiot weiß nicht, wann er es gut sein lassen sollte«, murmelte sie, während sie durch die Eingangshalle stapfte.

Juliana riss die Tür auf, begierig darauf, Lowther noch eine Standpauke zu halten. Es war allerdings nicht ihr Schwager. Und ihr Zorn verflüchtigte sich nicht im Entferntesten. Wenn überhaupt, flammte er noch heißer auf.

Die Arme vor der Brust verschränkt, warf sie dem

Neuankömmling einen finsteren Blick zu. »Na, wenn das nicht der Ausgerissene Viscount ist.«

~

Die Erwartungsfreude – und Sorge –, die Lucas durchströmten, trafen unvermittelt auf eisige Verachtung in Gestalt von Juliana. Er hatte gewusst, dass sie wütend sein würde, und das konnte er ihr nicht verdenken. Aber er hatte seiner Vermutung nach auch gehofft, sie würde sich ein klein wenig über seinen Anblick freuen.

Das tat sie eindeutig *nicht*.

»Das habe ich verdient«, lenkte er gleichmütig ein. »Allerdings habe ich dir dieses Mal eine Nachricht hinterlassen.«

»Das Endergebnis war das gleiche.« Ihr Ton war kühl. Unbeteiligt. »Du bist gegangen.«

»Aus einem sehr guten Grund.«

»Den du unerklärlicherweise nicht in deinem Brief nennen konntest. Du hast mich auch nicht geweckt und mir die Sache persönlich erklärt.«

»Ich musste unverzüglich aufbrechen. Die Lage war ernst.« Lucas´ Herz zog sich zusammen, als er sich an die Verzweiflung erinnerte, die ihn bei Erhalt der Nachricht mit den absolut unvorstellbaren Neuigkeiten gepackt hatte. »Ich habe mir bei Cosford ein Pferd geliehen, damit ich sofort losreiten konnte.« Er hatte sich noch nicht einmal richtig angekleidet. Sein Krawattenschal hatte sich in dem Moment gelöst, als er das Pferd in den Galopp gebracht hatte.

»Das ist mir bekannt.« Sie stieß die Luft aus. »Lucas, warum bist du hier?«

Er blinzelte sie an. »Ich habe dir gesagt, ich würde kommen. Es war nie meine Absicht, dich zu verlassen. Wir sind verlobt. Ich liebe dich.« War es möglich, dass ihre Liebe zu ihm innerhalb einer Woche verloren gegangen war?

Sie zog eine dunkle Braue in die Höhe. »Wir sollen da weitermachen, wo wir waren, als du mich ein zweites Mal verlassen hast?«

Ihr Sarkasmus brachte ihm ihr Verhalten in Erinnerung, als sie sich vor knapp vierzehn Tagen auf der Hausparty wiederbegegnet waren. Vielleicht gedachte sie, ihn erneut zu quälen.

»Ich werde jede Strafe ertragen, die du mir auferlegen willst, meine Liebste, aber bitte erlaube mir, es zu erklären. Es gibt etwas, das ich dir sagen wollte, sobald wir die Party verlassen hätten. Vielleicht hätte ich das schon früher tun sollen.« Er schluckte und gestand ihr den Rest – seine Angst. »Ich hatte Angst, du würdest verärgert reagieren. Oder schlimmer. Dass du deine Meinung über mich ändern würdest.«

Sie löste ihre verschränkten Arme und legte die Stirn in Falten. »Mir fällt nichts ein, was mich dazu veranlasst haben könnte, meine Meinung zu ändern. Außer, dass du wieder ausreißt. Und genau das hast du getan. Ich warte immer noch auf den Grund.«

»Es ist vielleicht das Beste, wenn ich ihn dir zeige.« Lucas bewegte nervös seine Hände, während er zu seiner Kutsche zurückging. Als er die Tür öffnete, sah er seine Tochter schlafend auf dem Schoß des Kindermädchens. »Ich möchte sie ins Haus holen, aber ich möchte sie auch nicht stören.«

»Es ist in Ordnung, Mylord. Sie hat herumgezappelt. Ich vermute, sie ist kurz vor dem Aufwachen. Soll ich sie nehmen?«

»Ich würde sie gerne nehmen, wenn es Ihnen recht ist.«

»Natürlich ist es das«, entgegnete das Kindermädchen, die eine freundliche Frau in den Vierzigern, mit einem gütigen Lächeln war. »Sie ist Eure Tochter.«

Daran musste er sich erst noch gewöhnen. Das Wissen, dass er eine Tochter hatte, und Zeit mit ihr zu verbringen, waren unterschiedliche Dinge.

Das Kindermädchen übergab Alicia an Lucas. »Soll ich Euch folgen?«

»Geben Sie uns ein paar Minuten, bitte.«

Das Kindermädchen nickte und blieb in der Kutsche, während Lucas Alicia zum Haus trug. Mit ihren zehn Monaten war sie ein strammes kleines Wesen in seinen Armen, und so ganz anders als das letzte Mal, als er sie vor vier Monaten gesehen hatte.

Als er den Weg entlangschritt, ließ er seinen Blick zu Juliana schweifen. Ihre Augen weiteten sich und blieben auf Alicia haften.

Als er bei der Tür angekommen war, sprach er leise. »Juliana, das ist meine Tochter, Alicia.«

»Deine Tochter.« Juliana sah das Kind an, und ihre Lippen waren leicht geöffnet. Dann schaute sie ihn an. »Ich verstehe das nicht.« Sie schüttelte den Kopf. »Moment. Komm herein.« Sie trat zur Seite, damit er über die Schwelle treten konnte.

Nachdem sie die Tür geschlossen hatte, führte sie ihn nach rechts in einen gemütlichen Raum mit Bücherregalen und grob behauenen Deckenbalken.

Alicia hob ihr Köpfchen von seiner Schulter. Sie blinzelte mit ihren grauen Augen – seinen Augen – und schaute sich in der neuen Umgebung um.

Lucas küsste den weichen Flaum ihres hellbraunen Haares. »Mein Liebling.« Er sah zu Juliana hinüber. »Ihre Mutter war meine Geliebte während der Saison, nachdem wir uns im *Pack Horse* kennengelernt hatten. Ich nahm sie mir in der Hoffnung, dich aus meinen Gedanken zu verbannen. Es hatte nicht geklappt. Ich beendete das Arrangement nach einem Monat. Das ist wohl ein weiteres Beispiel für meinen Hang zum Ausreißen, nehme ich an. Allerdings hatte es ihr gereicht, um ein Kind zu bekommen.«

»Alicia?« Juliana konnte den Blick nicht von seiner Tochter abwenden.

Er konnte nicht sagen, was sie dachte. »Ja.«

»Komm, nimm Platz.« Juliana führte ihn zu einem Sofa und setzte sich. »Wie alt ist sie?«

Lucas ließ sich mit Alicia auf das Polster sinken und drückte sie an seine Schulter, als sie langsam aus dem Schlaf erwachte. »Zehn Monate. Ihre Mutter und sie lebten in Manchester. Ich habe sie finanziell voll unterstützt und sollte sie zweimal jährlich besuchen.« In diesem Moment huschte Julianas Blick zu Lucas. »Ich hätte dir von ihnen erzählen sollen, von der Situation, als ich dir den Heiratsantrag machte.«

»Warum hast du das nicht getan?«

Er versuchte, die richtigen Worte zu finden. »Ich weiß es nicht genau. Ich glaube, ich war von alldem überwältigt, was zwischen uns passierte. Vielleicht war es auch so, dass ich wieder einmal Schwierigem aus dem Weg gehen wollte. Das habe ich in meinem Leben schon oft getan, was mir nicht bewusst gewesen war, bis du in mein Leben getreten bist.«

»Was willst du damit sagen?«

»Dass du mich den Ausgerissenen Viscount genannt hast, war ziemlich treffend. Ich habe, glaube ich, vor allem Reißaus genommen, was mich zur Übernahme von Verantwortung und schließlich zur Liebe drängte. Unsere Gespräche im *Pack Horse* haben mich zu einer Kandidatur für das Parlament bewogen. Und ich glaube, du bist der Grund, warum ich mir gestattet habe, Alicia zu lieben. Unsere gemeinsame Zeit vor zwei Jahren mag kurz gewesen sein, aber ich glaube, du hast mir das Herz geöffnet. Als wir uns in Blickton wiedersahen, war es das erste Mal, dass ich auf etwas oder jemanden *zu*laufen wollte. Selbst als ich wusste, dass du keine Kinder bekommen konntest, und nach dem Schmerz, Alicia nicht großziehen zu können, wollte ich bei dir sein. Das Leben ist chaotisch und unerwartet und ... *real*. Anstatt davor wegzulaufen, möchte ich jeden Moment mit dir an meiner Seite genießen.«

Während er redete, hatte Juliana ihn aufmerksam beobachtet, und als er geendet hatte, schimmerten in ihren Augen unvergossene Tränen. »Ich habe mit derselben Sache gekämpft«, gab sie leise zu. »Ich bin vielleicht nicht gerade ausgerissen, aber ich habe vermieden, mir Gefühle zu erlauben. Das habe ich dir ja schon gesagt, als ich deinen Heiratsantrag angenommen habe. Zugegeben, es fällt mir noch immer schwer, das zu tun, insbesondere nachdem du mich abermals verlassen hast, obwohl ich nun weiß, dass du einen sehr guten Grund dafür hattest.« Sie blickte zu Alicia.

»Es tut mir so schrecklich leid, dir nicht schon früher etwas gesagt zu haben.« Wenn er sie verlieren sollte, war er sich nicht sicher, ob er sich je davon erholen würde. Denn dann wäre es einzig und allein seine Schuld. »Ich hatte es dir sagen wollen, sobald wir von Blickton abgereist wären. Aber dann ist etwas Entsetzliches vorgefallen.«

Juliana erblasste. »Wo ist ihre Mutter? Mir fällt auf, dass du über die Situation mit ihr in der Vergangenheitsform sprichst.«

»Es gab einen Unfall. Sie waren in einer Kutsche unterwegs, und irgendetwas hat nicht funktioniert. Die Kutsche kam von der Straße ab und prallte gegen einen Baum. Caroline – ihre Mutter – ist dabei ums Leben gekommen.«

Ein leises Keuchen entwich Juliana, und Alicia schrak auf. »Es tut mir leid, Schatz«, beruhigte Juliana sie, bevor sie zu Lucas zurückblickte. »Dem Baby ging es gut? Was für ein Wunder.«

Alicia fing zu zappeln an, und Lucas drehte sie so, dass sie auf seinem Schoß sitzen konnte, während er einen Arm um ihre Taille legte. Er griff in seine Fracktasche und holte ein dickes, glattes Stück Koralle heraus, auf dem sie kauen konnte.

»Das ist für sie, weil ihr die Zähne durchbrechen.« Lucas drückte Alicia die Koralle in die Hand, und sie nahm sie sofort in den Mund. »Ja, es war ein Wunder«, murmelte er und antwortete Juliana. »Als ich von dem Unfall erfuhr, eilte ich sofort nach Manchester. Ich hätte dich wecken sollen, aber ich war zu verzweifelt. Ich konnte nur an meine Tochter denken.«

»Das musstest du auch«, flüsterte Juliana. »Ich mache dir keine Vorwürfe. Ich hätte dasselbe getan.« Sie schüttelte den Kopf. »Wie bist du zurechtgekommen?«

Lucas verspürte eine große Erleichterung, dass sie Verständnis hatte. »Es war eine Herausforderung gewesen, das gebe ich zu. Ich habe mehrere Tage in Manchester verbracht, in denen ich Carolines Beerdigung organisiert, das Haus verschlossen und ein Kindermädchen gesucht habe, das bereit war, mit uns zu reisen.«

»Nein, ich meine, wie bist du damit klargekommen, von deiner Tochter getrennt zu sein? Ich kann sehen, wie sehr du sie liebst.«

»Kannst du das? Wir sind gerade erst angekommen.«

Juliana lächelte ihn an. »Ich habe dich ziemlich gut kennengelernt. Du hältst sie mit einem Besitzanspruch und einer Liebe, die nur ein Vater für sein Kind aufbringen kann.«

»Du hältst mich nicht für schrecklich, weil ich ein illegitimes Kind gezeugt habe?«

»Wie könnte ich, wenn du jede Mühe auf dich genommen hast, für sie zu sorgen – und für ihre Mutter? Wirst du sie jetzt aufziehen?«

Das war der Punkt, an dem seine Angst saß. Lucas würde die Frau, die er liebte, um eine große Sache bitten. »Ich hatte gehofft, wir würden sie zusammen aufziehen. Dass wir sie vielleicht adoptieren und ihr meinen Namen geben. Aber mir ist auch klar, dass nicht jeder das Kind einer anderen –«

»Hör auf!« Juliana streckte die Arme aus. »Darf ich?«

»Natürlich.« Lucas übergab Alicia in Julianas Obhut.

»Was für ein wunderschönes Mädchen du bist«, gurrte Juliana sanft und lächelte. »Worauf kaust du da? Ist das gut für deine Zähnchen?«

»Das Kindermädchen sagt, die Koralle hilft.«

»Du hast also ein Kindermädchen gefunden?«, fragte Juliana. »Wo ist sie?«

»In der Kutsche. Ich sagte ihr, wir bräuchten ein paar Minuten.«

»Du musst sie hereinholen. Ich bin sicher, sie will sich die Beine vertreten.« Juliana streichelte Alicia über das Haar. »Es sei denn ... Wirst du bleiben?«

»Das hatte ich gehofft.« Lucas hatte ehrlich gesagt nicht gewusst, was ihn erwartete. Aber vielleicht hätte er das tun sollen. Kannte er Juliana nicht gut genug, um zu wissen, dass sie vor so einer Überraschung nicht zurückschrecken würde? Oder sorgte er sich, dass sie ihn nicht so sehr liebte wie er sie?

»Ist es dein Wunsch, dass wir bleiben?«, fragte er. »Ich weiß, es ist viel verlangt, von dir zu erwarten, auf der Stelle Mutter zu werden.«

»Ich glaube, ich wollte schon seit fast einem Jahrzehnt Mutter sein«, entgegnete Juliana und lächelte wieder. »Ich habe nicht erwartet, dass ich jemals die Gelegenheit dazu bekommen würde.«

Das war ihm nicht bewusst gewesen, aber sie hatte ihm ihre Gefühle diesbezüglich auch nicht wirklich mitgeteilt. Sie hatte gesagt, sie könne keine Mutter werden, aber nie, wie sehr sie es wollte. Er erinnerte sich an Julianas Furcht vor dem Scheitern ihrer Ehe, so wie ihre Verbindung mit

Vincent gescheitert war. Vielleicht hatte sie Angst, ihm anzuvertrauen, wie sehr sie sich Kinder wünschte. Wenn das der Fall war, sorgte sie sich wahrscheinlich noch mehr darüber, dass er es ihr in der Zukunft übelnehmen würde, wenn sie keine Kinder bekommen könnten.

Er rückte näher an sie heran. »Wenn wir keine eigenen Kinder haben, wäre ich mehr als bereit, weitere zu adoptieren.«

Juliana stieß ein Lachen aus, das verdächtig nach einem Schluchzen klang. Sie schlug sich kurz die Hand vor den Mund. »Wie viele weitere?« Ihre Augen schimmerten vor Glück.

»So viele, wie du willst.«

»Es wird dir egal sein, wenn sie nicht von dir sind?«

Lucas sah zu, wie sie seine Tochter hielt – ihre Tochter. »Ich kann sehen, dass es dir nichts ausmacht, dass Alicia nicht von dir ist.«

»Nicht von mir, nein«, antwortete Juliana leise. Sie beugte den Kopf und küsste Alicia sanft auf den Scheitel. »Aber ich werde deine Mutter sein, und das ist für mich ein großes Privileg.«

»Ich hätte nicht gedacht, dich noch mehr lieben zu können.« Es schmerzte fast in seiner Brust, so groß war seine Freude.

Den Kopf noch immer an Alicia gelehnt, blickte sie zu ihm auf. »Das ist also Wirklichkeit? Wir lieben uns, und wir werden eine Familie sein?«

»Genau das wünsche ich mir.«

»Das ist auch mein Wunsch. Versprich mir nur, dass du mich nie wieder verlässt.« Sie hob den Kopf. »Du hättest in mein Zimmer kommen und mich aus dem Bett zerren können. Ich hätte dich in meinem Nachthemd nach Manchester begleitet. Ich hätte dir helfen können. Wir sind jetzt ein Paar. Wir machen alles zusammen. Versprich mir das.«

Er wünschte ebenfalls, er hätte sie geweckt. Sie hätte die letzte Woche erträglicher gemacht. Er hatte Caroline nicht geliebt, aber er war furchtbar traurig für Alicia gewesen, die ihre Mutter verloren hatte. Es war nicht gerecht. Und doch würde Alicia in einer Familie mit Liebe und Fürsorge aufwachsen. »Ich verspreche es. Zusammen.«

»Also schön.« Juliana legte einen geschäftsmäßigen Tonfall an den Tag, den er durchaus erwartete und bewunderte. »Und jetzt geh und hol das Kindermädchen, und wir richten das Gästezimmer für Alicia und sie her. Ich habe keine Wiege, aber wir können sicher etwas finden.«

»Ich habe eine auf der Rückbank der Kutsche.«

»Ausgezeichnet. Wie lange willst du bleiben, bevor wir nach Leeds fahren, um meine Eltern zu besuchen?« Juliana schüttelte den Kopf. »Das ist jetzt nicht wichtig. Wir werden später entscheiden. Wir haben noch so viel Zeit.«

Ja, sie hatten ein ganzes Leben lang Zeit. Allerdings wollte Lucas unbedingt, dass sie heirateten. »Nicht zu viel Zeit, wenn es dir nichts ausmacht. Ich möchte dich unbedingt zu meiner Frau machen. Wenn du noch dazu bereit bist.«

»Natürlich bin ich das.» Sie lachte. »Sei nicht albern. Ja, wir werden so bald wie möglich heiraten. Bestimmt können wir morgen nach Leeds fahren, wenn du meinst, dass Alicia bereit ist, so bald wieder zu reisen.«

»Das Kindermädchen sagt, es sei kein Problem. Ich fühle mich reichlich nutzlos. Ich habe keine Ahnung, wie man ein Vater ist.«

»Ich auch nicht, aber ich wage zu behaupten, dass wir das schnell herausfinden werden.«

»Zusammen«, sagte er.

Sie drückte einen weiteren Kuss auf Alicias Kopf. »Zusammen.«

KAPITEL 11

*J*uliana schaute zu Lucas hinüber, der ihre Tochter im Arm hielt, als sie auf die massive Eichentür von Northwich Hall zuschritten. Der Besuch bei ihren Eltern war außerordentlich gut verlaufen, und sie würden in zwei Wochen hier eintreffen, um der Hochzeitsfeier und der Zeremonie beizuwohnen. Die Planung dieses Ereignisses hatte sich etwas seltsam angefühlt, da Lucas' Eltern noch gar nichts von der Verlobung ihres Sohnes wussten.

Oder dass er ein Kind hatte.

Das hatte er ihnen nicht schriftlich mitteilen wollen, denn er hatte den Standpunkt vertreten, es wäre besser, ihnen diese Nachricht persönlich zu eröffnen. Juliana hatte Zweifel angemeldet, aber schließlich beschlossen, dass er recht hatte. Sie selbst hätte nicht gewollt, in Form eines Briefes von Alicia zu erfahren. Selbst wenn er sie deswegen eine Woche hatte warten lassen und es ungewollt so ausgesehen hatte, als hätte er sie wieder verlassen.

Die Tür ging auf und ein untersetzter, streng dreinblickender Butler begrüßte sie. »Willkommen zu Hause,

Mylord.« Er zeigte nicht die geringste Reaktion auf Lucas, der ein Kind trug, oder auf die unbekannte Frau neben ihm oder auf die andere Frau, die hinter ihnen stand – Alicias Kindermädchen. Der Butler warf zwar einen Blick in Julianas Richtung, aber das war auch schon der Gipfel seiner Kenntnisnahme.

»Schön, Sie zu sehen, Graham. Sind meine Eltern im Salon?« Lucas hatte gestern Abend einen Boten mit der Nachricht vorausgeschickt, dass sie heute eintreffen würden.

»In der Bibliothek.«

»Danke.« Lucas drehte sich wenig zu Juliana und mit seiner freien Hand strich er ihr über den Rücken. »Darf ich Ihnen Mrs. Sheldon vorstellen. Das ist alles, was ich im Augenblick zu der Sache sagen werde. Bitte halten Sie Abstand davon, irgendjemandem zu gestatten, ihre Ankunft oder die des Kindes, das ich trage, zu kommentieren. Oder dem Kindermädchen.« Er sah zu Mrs. Talmidge zurück. »Es wird alles erklärt, sobald ich mit dem Earl und der Countess gesprochen habe.«

»Ich würde niemals jemandem in den Dienstbotenräumen erlauben, zu tratschen«, entgegnete Graham nasal.

Lucas bedachte ihn mit einem herzlichen Lächeln. »Nein, natürlich nicht. Aber manchmal ist es klug, solche Dinge in Worte zu kleiden, nur um auf Nummer sicher zu gehen.«

Juliana fragte sich, ob ihnen andere Bedienstete zuhören könnten. Sie schaute sich in der weitläufigen, eleganten Eingangshalle um und bemerkte einen Diener, der auf der gegenüberliegenden Seite stand. Seine Gesichtszüge und seine Haltung waren ebenso undurchdringlich wie die des Butlers.

Graham neigte den Kopf, und Lucas murmelte Juliana zu, dass sich die Bibliothek in der rechten hinteren Ecke des Erdgeschosses befand. Er führte sie durch die mit schimmerndem dunklen Holz getäfelte und mit vielen Gemälden ausgestattete Treppenhalle. Der Gedanke, dass sie zumindest manchmal hier leben würde, war, mit einem Wort ausgedrückt, überwältigend. Und eines Tages würde dies einmal ihr Haushalt sein. Zweifel stahlen sich in ihre Gedanken. Wäre sie wirklich imstande, eine Countess zu sein?

Sie durchquerten einige Räume, von denen einer schöner als der andere war. Es war eine Sache, ein Herrschaftshaus wie Blickton zu besuchen, um dort eine Party zu feiern, doch hier zu wohnen?

Schließlich betraten sie ein kleines Wohnzimmer. Lucas wies mit einer Geste auf einen Durchgang. »Da ist die Bibliothek. Bist du bereit?«

»So bereit, wie ich je sein werde, vermute ich«, entgegnete Juliana, während sie von einer angespannten Unruhe ergriffen wurde. Ihr Blick fiel auf Alicia, die wild auf ihrer Koralle kaute. Einer ihrer unteren Zähne war durchgebrochen, als sie bei Julianas Eltern zu Besuch waren. Ihre Mutter war ungemein hilfsbereit gewesen und hatte ihre eigenen Erfahrungen in der Kindererziehung weitergegeben. Sie hatte Juliana gezeigt, wie man eine Salbe herstellt, die den Schmerz des durchgebrochenen Zahns linderte. Sie rieben Alicias Zahnfleisch vor allem abends vor dem Schlafengehen damit ein und es funktionierte sehr gut, um das Kind zu beruhigen.

Lucas wandte sich an Mrs. Talmidge. »Würden Sie bitte hier warten, während wir mit meinen Eltern sprechen? Ich rufe Sie, wenn wir Hilfe mit Alicia brauchen.«

Mrs. Talmidge nickte. »Natürlich, Mylord.« Sie setzte sich in einen der Sessel in der Nähe der Tür, die zur Bibliothek führte.

»Komm, mein Schatz«, sagte Lucas zu Alicia. »Es ist Zeit, deine Großeltern kennenzulernen.«

Alicia stieß einen fröhlichen, glucksenden Laut aus. Sie

brabbelte gelegentlich, und Julianas Mutter hatte prophezeit, dass sie bald die ersten Worte sprechen würde.

Sie betraten die Bibliothek. Ordentliche Regale mit ledergebundenen Büchern erstreckten sich über eine Wand, und es gab drei Sitzecken, darunter mehrere gemütliche Sessel in der Nähe des Kamins. Zum ersten Mal konnte Juliana sich vorstellen, hier zu wohnen – dieser Bereich war sehr einladend.

»Audlington.« Der Earl erhob sich von einem Sofa in der Sitzgruppe, die dem Eingang am nächsten lag. Die Countess blieb sitzen.

Lucas´ Vater sah ihm ziemlich ähnlich, obwohl er ein paar Zentimeter kleiner war. Sein Haar war größtenteils ergraut, aber hier und da fanden sich noch ein paar braune Stellen. Seine blauen Augen blickten auf Alicia.

»Vater«, sagte Lucas. »Mutter.«

»Du bist nicht allein«, stellte die Gräfin fest. Ihr grauer Blick – der Lucas´ Blick sehr ähnlich war – wanderte zwischen Alicia und Juliana hin und her.

»Das bin ich nicht.« Lucas wandte sich an Juliana. »Erlaubt mir, euch meine Verlobte vorzustellen, Mrs. Juliana Sheldon. Wir haben uns kürzlich auf einer Hausparty in Blickton kennengelernt.«

Die Countess sprang vom Sofa auf. »Und sie hat obendrein ein Kind?«

»Ähm, nein.« Lucas holte tief Luft. »Mama, Vater, das ist *meine* Tochter, Alicia.«

»*Deine* Tochter?«, die tiefe Stimme des Earls hatte sich leicht gehoben, und seine Nasenflügel blähten sich.

Angespannt rückte Juliana dichter an Lucas heran, sodass sie sich an den Armen berührten.

»Ja.« Lucas sprach klar und gleichmäßig. »Ihre Mutter war meine Geliebte, und ich muss leider mitteilen, dass sie vor kurzem gestorben ist. Juliana und ich werden das Kind wie unser eigenes aufziehen.«

Der Earl starrte seinen Sohn an. »Das kann nicht dein Ernst sein. Sie ist unehelich! Wie kannst du dir überhaupt sicher sein, dass sie von dir ist?«

»Weil ich das bin«, konterte Lucas fest. Juliana konnte praktisch hören, wie er den Kiefer zusammenbiss. Sie spürte förmlich, wie sich sein Körper vor Stress versteifte. Alicia spürte es auch, denn sie begann zu zappeln.

»Lass mich«, murmelte Juliana und nahm ihm das Baby ab. Alicia griff begierig mit der Hand, die nicht die Koralle umklammerte, nach Juliana.

Die Countess kam auf Juliana zu, den Blick fest auf Alicia gerichtet. »Sie ist unsere Enkelin. Du musst dir nur ihre Augen ansehen.« Sie lächelte herzlich. »Wie schön du bist, meine Süße.«

»Das ist sie wirklich«, entgegnete Juliana und streichelte Alicias Kopf.

»Wie alt ist sie?«, fragte die Countess.

»Etwas über zehn Monate«, entgegnete Juliana.

»Und sie bekommt schon Zähne, wie ich sehe. Krabbelt sie schon herum?«

Juliana lächelte. »Sie versucht es.« Alicia hatte begonnen, auf dem Bauch zu krabbeln, als sie Julianas Eltern besucht hatten.

»So ist es also?«, fragte der Earl irritiert. »Wir sollen die uneheliche Tochter unseres Sohnes einfach so akzeptieren?« Er warf seinem Sohn einen Blick zu, der von großer Enttäuschung geprägt war. »Ich habe dich gewarnt, dass dein Verhalten die Familie in Verlegenheit bringen würde. Du hast mir versprochen, das nicht zu tun.«

»Und das werde ich nicht. Ich werde Juliana heiraten und wir werden Alicia als unser Kind aufziehen.«

»Die Leute werden reden und spekulieren!« Der Earl drehte sich um und ging davon.

»Lass ihm einen Augenblick Zeit«, meinte die Countess leise. Sie blickte zu Juliana. »Ich bin so froh Sie kennenzulernen. Die Frau, die endlich Lucas´ Herz erobert hat, muss etwas ganz Besonderes sein.«

Juliana verspürte eine sofortige Zuneigung zu dieser Frau und sie fühlte, dass sie gut miteinander auskommen würden. Es war genau, wie Lucas ihr versichert hatte. »Danke, ich liebe ihn sehr.«

»Und ja, Mama, sie hat mein Herz vollkommen erobert. Wie auch Alicia.«

»Ich kann erkennen, warum. Sie ist eine Pracht.« Die Countess sah zu Lucas. »Ich kann mir nicht vorstellen, dass dies leicht gewesen ist. Du hast so einen feinfühligen Charakter. Ich verstehe nun, warum dein Verhalten sich im Laufe des letzten Jahres so abrupt geändert hat.«

»Das ist dir aufgefallen?« Lucas hatte Juliana erklärt, wie er aufgehört hatte, sich nach Caroline eine neue Geliebte zu suchen und dass er fast ein Mönch geworden war, ehe er sie in Blickton gefunden hatte.

»Mütter bemerken alles, mein Liebling.« Sie sah Juliana lächelnd an und ihre Augen funkelten dabei. »Das werden Sie herausfinden.«

Dass die Countess sie als Mutter ansah, schnürte Juliana die Kehle zu. Nie hatte sie sich vorgestellt, einmal diesen Titel tragen zu dürfen und für sie klang er weitaus besser als der einer Viscountess oder Countess.

»Vater hat vermutlich nichts davon bemerkt«, meinte Lucas darauf und sein Blick schweifte zu den Fenstern auf der anderen Seite des Raumes, wo der Earl nun mit dem Rücken zu ihm stand.

»Das hat er einmal, als ich seine Aufmerksamkeit darauf gelenkt hatte«, entgegnete die Countess. »Genauso, wie ich seine Aufmerksamkeit nun darauf lenken werde, dass dies ein freudiges Ereignis und ein wundervoller Anfang für dich und deine neue Familie ist. Lasst uns in der Zwischenzeit über einige Einzelheiten sprechen. Juliana – ist es in Ordnung, dass ich dich so nenne?«

»Natürlich.«

»Gut, und du kannst mich Peggy nennen. Bitte setz dich neben mich, damit ich meine Enkeltochter anhimmeln kann.« Sie nahm erneut auf dem Sofa Platz und Juliana nahm die Stelle ein, auf der der Earl bei ihrem Eintreten gesessen hatte.

Lucas wählte einen Sessel in der Nähe des Sofas und seine Züge waren eine Mischung aus Glück, als er seine Mutter ansah, und Besorgnis, als sein Blick zu seinem Vater wanderte. »Wir würden gern in der Kirche heiraten und das Aufgebot am Sonntag verlesen lassen.«

»Wunderbar«, meinte Peggy. »Der Vikar wird so erfreut sein. Und dein Bruder wird mit seiner Familie nächste Woche anreisen. Also werden wir alle zusammen sein.«

»Werden wir das?«, fragte Lucas, der wieder einmal einen Blick zu seinem Vater warf.

»Ja«, antwortete seine Mutter fest. »Dein Vater wird darüber hinwegkommen. Schnell, möchte ich hinzufügen.« Sie warf dem Earl einen Blick zu, der seine Kapitulation befahl.

Juliana vernahm das Selbstbewusstsein und den leichten Anflug von Gereiztheit in Peggys Stimme und sie kam zu dem Schluss, dass sie eine respekteinflößende Frau war. Hoffentlich würde der nächste Teil der Unterhaltung reibungslos verlaufen.

»Wir würden gern die Arrangements für die Unterkunft besprechen. Wir erwarten natürlich nicht, ein Zimmer zu teilen, aber Lucas und ich möchten beide gern im gleichen Gebäude wie Alicia und ihr Kindermädchen schlafen.«

»Ich bin so froh, dass ihr ein Kindermädchen habt«, meinte Peggy. »Wo ist sie?«

Lucas zeigte zu der Tür, durch die sie hereingekommen waren. »Sie ist, leider, nicht in Dauerstellung und würde gern nach Manchester zurückkehren, wo ihre Kinder leben.«

»Ich verstehe. Nun, wir werden so bald als möglich ein Kindermädchen anheuern.« Peggy sah zu Alicia. »Ich verspreche, dass wir jemanden finden werden, der dich ebenso liebt wie wir.«

Alicia richtete den Blick aus ihren großen Augen auf Peggy und brabbelte.

Peggy lächelte sie an. »Ich bin deine Großmutter. Wir werden einander sehr gut kennenlernen.« Sie sah zu Lucas. »Werdet ihr mindestens bis zum Dreikönigstag bleiben?«

Er nickte. »Wir werden bleiben, bis ich nach London zurückkehren muss.«

»Wunderbar. Ihr könnt natürlich den nordöstlichen Flügel haben.«

»Dort liegt mein Zimmer«, meinte Lucas zu Juliana.

»Es gibt eine ganze Suite von Räumen, die für euch alle Platz bieten«, meinte Peggy. »Wir werden darauf vertrauen, dass ihr euch bis zur Heirat so benehmt, wie es der Anstand gebührt.«

»Du kannst doch nicht glauben, dass Audlington zu trauen ist?« Der Earl war offensichtlich zu ihnen zurückgeschlendert und stand nun mitten in der Bibliothek, während sich tiefe Furchen in seine Züge gegraben hatten.

»Natürlich kann er das.« Peggy sah ihren Ehemann aus schmalen Augen an. »Nie hat er Schande über seine Familie gebracht und das wird er auch nicht. Komm, und lerne deine zukünftige Schwiegertochter und deine Enkeltochter kennen. Sei auf Lucas wütend, wenn du nicht anders kannst, aber übertrage diese Emotion nicht auf diese beiden – es sei denn, du möchtest, dass dein erster Eindruck bei ihnen eher schlecht ausfällt.«

Juliana hatte sich noch keine feste Meinung über den Earl gebildet. Lucas hatte sie auf sein Missfallen vorbereitet, aber er hatte ihr auch versichert, dass er es überwinden würde. Die Frage war, wie schnell das passieren würde.

Der Earl brummte zur Antwort und dann kam er hinüber, wo sie alle saßen. Er betrachtete Alicia und schürzte dabei leicht die Lippen. »Ich würde sagen, dass sie deine Augen hat«, sagte er zu seiner Ehefrau.

»Und die von Lucas«, entgegnete Peggy.

Der Earl wandte seine Aufmerksamkeit zu Juliana. »Ich hoffe doch, dass Sie meinen Sohn gezähmt haben. Das hat er ganz bestimmt nötig gehabt.«

War Lucas wirklich so wild gewesen? Sie glaubte nicht, dass er irgendetwas Schreckliches getan hatte, und seine Mutter schien dies zu bestätigen. Später würde Juliana ihn fragen. »Ihr Sohn ist ein wunderbarer Mann und Vater. Ich hoffe doch, dass diese Eigenschaften in ihm niemals gezähmt werden.«

Peggy lachte leise. »Das waren die Worte einer liebenden, beschützenden Frau. Gut gemacht, meine Liebe.«

Der Earl machte ein finsteres Gesicht. Dann richtete er den Blick auf seinen Sohn. »Audlington, in mein Arbeitszimmer. Jetzt.« Der Earl marschierte aus dem Zimmer und benutzte die Tür, die in der Reihe der Bücherregale lag.

»Ich sollte wahrscheinlich gehen«, meinte Lucas zu Juliana.

Juliana setzte Alicia andersherum auf ihren Schoß. »Geh nur. Uns geht es gut.«

Peggy sah ihn mit festem Blick an, als er sich erhob. »Toleriere nichts von seinem Unsinn.«

»Ich werde versuchen, das nicht zu tun, Mama.« Lucas

umrundete das Sofa und küsste seine Mutter auf die Wange, ehe er die Bibliothek verließ.

»Nun, ich werde jetzt nach Erfrischungen läuten«, meinte Peggy und erhob sich. »Und bitte das Kindermädchen herein.«

»Ich danke dir, Peggy. Für alles.« Es war der herzlichste Empfang, den Juliana sich hätte wünschen können. Sie hoffte nur, die Spannungen zwischen Lucas und seinem Vater würden sich eher früher als später bessern.

~

*L*ucas schloss die Tür zum Arbeitszimmer, nachdem er über die Schwelle getreten war. »Hättest du nicht etwas höflicher zu Juliana sein können? Sie hat deine Herabsetzung nicht verdient.«

Sein Vater stand in der Nähe des Kamins, und ein durch und durch finsterer Ausdruck war in seine Züge geätzt. »Ich war absolut höflich zu ihr. Ich habe meine Enttäuschung über *dich* nicht verborgen. Wenn sie deine Frau werden will, kann sie nicht vor der Familie zurückschrecken.«

»Juliana wird vor nichts zurückschrecken«, entgegnete Lucas mit einem leichten Lächeln. »Das wirst du noch früh genug erfahren.«

»Das kann ich mir denken, denn sie ist bereit, dein Kind aufzuziehen.«

»Sie ist nicht nur bereit, sondern sie freut sich von Herzen darauf.« Lucas sah keinen Sinn darin, dem unvermeidlichen Gespräch auszuweichen. »Ich weiß, dass du eine geringere Meinung von mir hast, weil ich Alicia gezeugt habe.«

»Ich habe dich davor gewarnt, Kinder zu zeugen. Es gibt Möglichkeiten, solche ... Probleme zu vermeiden.«

Lucas konnte sich seine Tochter nicht als Problem

vorstellen, wenn er auch wusste, was sein Vater meinte. Mehr noch, hatte er in seinen jungen Jahren den gleichen Standpunkt in Bezug auf Kinder vertreten. Er hatte alles darangesetzt, um die Zeugung eines Kindes zu verhüten, aber nichts war unfehlbar. »Du weißt, dass es sich nicht immer verhindern lässt.« Lucas seufzte und hoffte, sein Vater würde seine Wut überwinden. »Vater, ich werde über die Existenz meiner Tochter nicht diskutieren. Ich liebe Alicia, und es ist mir eine Ehre und eine Freude, sie aufzuziehen. Es hat mir das Herz gebrochen, sie nach ihrer Geburt zu verlassen.«

Sein Vater riss den Blick zu ihm herum. »Du hast dich die ganze Zeit um dieses Kind gekümmert?«

»Ja. Ich habe Sorge dafür getragen, dass es ihr und der Mutter an nichts fehlt – und dass dies immer so sein würde. Als ihre Mutter vor zwei Wochen gestorben ist, habe ich Alicia eiligst geholt.«

»Seit Jahren versuche ich, dich verheiratet und mit Kindern zu sehen, damit du über die Besuche unserer Besitzungen hinaus einige Verantwortung übernimmst. Ich war erfreut, als du dich für das Parlament beworben hast und ich hatte erwartet, dass du in der nächsten Saison endlich heiratest.«

»Weil du sagtest, dass ich das müsste«, erinnerte Lucas ihn.

»Doch das ist, was dich endlich bewogen hat – ein illegitimes Kind?«

»Eigentlich nein. Nun, vielleicht teilweise. Aber was mich schlussendlich zu meiner Kandidatur für das Parlament bewogen hatte, war meine Bekanntschaft mit Juliana vor beinahe zwei Jahren.« Lucas trat einen Schritt auf seinen Vater zu. »Sie hat mich auf eine Weise berührt, die ich mir nie hätte vorstellen können. Bevor ich sie kennenlernte, fühlte ich mich einfach ziellos und ja, ich bin der Verantwortung aus dem Weg gegangen. Noch wichtiger war, das ich allem ausgewichen bin, was Beständigkeit oder Erwartungen zur Folge hätte haben können. Ich wollte auch nicht in der Liebe versagen – nicht mit Mutter und dir als Beispiel.«

Sein Vater war einen Augenblick still und legte dabei die Stirn in Falten. »Ich habe nicht erkannt, dass du dich so fühlst und dass du …«

»Feige war? Ängstlich?« Lucas stieß ein kurzes selbstironisches Lachen aus.

»Nein, nicht das. Verletzlich vielleicht. Ich liebe deine Mutter über alles und ich weiß, dass sich unsere Ehe von vielen in unserer Klasse unterscheidet. Ich kann mir vorstellen, dass du dich unter Druck befandest, jemanden für dich zu finden, wie es uns gelungen war – und das ist nicht leicht.«

»Das ist es absolut nicht. Nachdem Jonathan und Hetty sich verliebt hatten, war ich mir sicher, dass das bei mir nicht passieren würde. Keine Familie ist so glücklich, so viel Liebe zu finden.«

Die Miene des Earls wurde auf eine Weise weich, wie Lucas es noch nie erlebt hatte. »Unsere offenbar schon. Du liebst Mrs. Sheldon ebenso, wie ich deine Mutter liebe und wie dein Bruder seine Frau liebt. Es ist gut, dass du gewartet hast. Offensichtlich warst du dazu bestimmt.«

»Ich danke dir, Vater.« Die Liebe ließ Lucas' Herz anschwellen. »Sie ist alles, was ich mir je wünschen könnte.«

Sein Vater ging auf Lucas zu und presste die Lippen zu einer grimmigen Linie zusammen. »Du weißt, dass es Gerede über deine Tochter geben wird.«

»Ich gedenke, es zu ignorieren.«

»Gut, aber es wird sich halten und die Fragen werden sie verfolgen. Darauf musst du vorbereitet sein.«

Lucas dachte nicht daran, seine Tochter im Stich zu lassen – jetzt und auch nicht in Zukunft. »Sie wird für immer meine ganze Unterstützung und meine bedingungslose Liebe haben. Ich hoffe, du wirst ihr das Gleiche zugestehen.«

Der Earl entspannte sein Gesicht wieder, und diesmal lächelte er sogar. »Dich glücklich zu sehen, ist alles, was ich je wollte. Du bist jetzt Vater, also wirst du das selbst herausfinden.«

Das wusste Lucas bereits. Es gab nichts, was er nicht für Alicia tun würde. »Juliana zum Dank bin ich glücklicher, als ich es mir je erträumt hatte.«

»Dann sollte ich wohl zu ihr gehen und mich bei ihr entschuldigen. Ich freue mich darauf, sie kennenzulernen.«

»Und sie zu lieben«, meinte Lucas mit einem Lächeln. »Du wirst nicht widerstehen können.«

KAPITEL 12

Juliana stand in dem kleinen Wohnzimmer im Pfarrhaus neben der Kirche in Northwich, als ihre Mutter ein letztes Mal ihr Kleid inspizierte. Die Zeremonie sollte in ein paar Minuten ihren Anfang nehmen.

»Du siehst wunderschön aus«, schwärmte ihre Mutter mit leuchtenden blaugrünen Augen. »Ist es nur meine Einbildung, oder scheint es dieses Mal anders zu sein?«

»Inwiefern?« fragte Juliana, obwohl die Frage absurd war. Lucas zu heiraten war in nahezu jeder Hinsicht anders als ihre Ehebündnis mit Vincent. Aber Juliana wollte die Sichtweise ihrer Mutter hören. Vor ein paar Tagen war sie zusammen mit Julianas Vater angekommen, und sie hatten sich sehr gut mit Lucas' Eltern verstanden. Juliana hatte sich darüber keine Sorgen gemacht. Sie hatte Peggy und Northwich kennengelernt und hatte keine Bedenken, dass die beiden ihre Eltern nicht mit Respekt und Freundlichkeit behandeln würden. Tatsächlich hatten beide Paare am Ende viele gemeinsame Interessen, wie zum Beispiel Kartenspielen, und ihre Väter hatten viele der gleichen Bücher gelesen.

Der Earl war erfreut, einen Buchhändler in der Familie zu haben.

»Es ist offensichtlich, dass Audlington dich liebt«, antwortete Julianas Schwester. Zwei Jahre älter als Juliana, sagte Ellen normalerweise genau das, was sie dachte. »Vincent hat dich gern gehabt, aber ich habe die tieferen Gefühle nicht bei ihm gesehen, die Audlington zeigt. Das ist schön.« Ellen sah ihre Schwester mit einem breiten Lächeln an.

»Dieser Einschätzung würde ich beipflichten«, bemerkte ihre Mutter. Sie nahm Julianas Hand und drückte sie. »Ich freue mich so sehr für dich, mein Schatz.«

»Danke, Mama.« Nie hatte sich Juliana vorstellen können, dies ein zweites Mal zu erleben, aber in gewisser Weise fühlte es sich so an, als hätte sie das auch noch nie zuvor getan. Ihre Mutter und ihre Schwester hatten recht, dass er – Lucas – gänzlich anders war.

Die Tür ging auf und Juliana spannte sich unverzüglich an. Es war wahrscheinlich die Pfarrersfrau, die ihnen mitteilen wollte, dass es so weit war. Mrs. Linley, eine freundliche Frau in den Sechzigern, schenkte ihnen ein etwas nervöses Lächeln. Julianas Anspannung wandelte sich in eine gewisse Besorgnis.

»Die Zeremonie wird sich etwas verzögern«, sagte sie.

Ellen bewegte sich vom Fenster, wo sie gestanden hatte, auf Mrs. Linley zu. »Was ist das Problem?«

Mrs. Linley warf einen Blick in Julianas Richtung, bevor sie ausgerechnet ihre Mutter ansah. »Wir warten auf seine Lordschaft. Das heißt, auf den Bräutigam. Er ist noch nicht eingetroffen.«

Julianas Herz schlug schneller. Er würde sie nicht noch einmal sitzenlassen. Es gab nichts, was ihn von ihrer Hochzeit fernhalten würde. Daran hatte sie nicht den geringsten Zweifel. Was war dann passiert?

»Kennen Sie den Grund?«, fragte Juliana.

Die Pfarrersfrau schüttelte den Kopf. »Ich weiß es nicht.«

»Ist schon gut. Vielen Dank, Mrs. Linley. Sagen Sie uns bitte Bescheid, wenn der Viscount eintrifft.«

Nachdem Mrs. Linley gegangen war, trat Juliana ans Fenster und schaute zur Kirche.

»Hältst du nach ihm Ausschau?«, fragte ihre Mutter.

Vermutlich tat sie wohl genau das, und das würde sie in ihrer Angst nur noch bestärken. Aber warum war sie ängstlich? Sie hatte bereits beschlossen, sich nicht zu sorgen und darauf zu vertrauen, dass er da sein würde.

Ihre Gedanken kreisten um alle erdenklichen Gründe für seine Verspätung. Es gab nur einen Grund, der ihn daran hindern konnte, pünktlich zu sein. Besser gesagt, eine Person.

Juliana wandte sich vom Fenster ab. »Seine Verspätung muss etwas mit Alicia zu tun haben. Ich sollte nach Northwich Hall zurückkehren.«

Ihrer Mutter legte die Stirn in Falten. »Du zerknitterst dein Kleid, wenn du in eine Kutsche steigst. Wenn es um Alicia geht, kann Lucas die Sache regeln. Er ist ein hervorragender Vater.«

Das stimmte natürlich. Ihn mit seiner Tochter zu sehen, zauberte Juliana stets ein Lächeln aufs Gesicht und ließ ihr Herz auf die doppelte Größe anschwellen. Wenn sie die beiden zusammen sah, freute sie sich sehr über Alicia, zumal sie bezweifelte, einmal selbst Kinder zu haben.

»Du hast recht«, sagte Juliana. »Dann müssen wir eben warten.«

Nach einer Viertelstunde des Herumwanderns im Zimmer, begann Juliana eine zunehmende Frustration zu verspüren. Es lag nicht einmal daran, dass Lucas immer noch vermisst wurde – obwohl es sicherlich ein Teil dessen war –, sondern dass sie sich in ihrem Kleid nicht setzen konnte.

Ellen hatte sich am Fenster positioniert, sodass sie

Ausschau halten konnte. Endlich drehte sie sich um. »Er kommt. Er rennt, um genau zu sein.«

Juliana eilte an das Fenster, um Lucas auf das Pfarrhaus zustürmen zu sehen. Sie ging zur Tür.

»Halt, du darfst ihn nicht sehen«, rief ihre Mutter. »Das bringt Unglück.«

»Ich glaube nicht an diesen Unsinn.« Juliana hatte vermieden, Vincent zu sehen, und man sah ja, was aus ihrer Ehe geworden war. Sie öffnete die Tür und hörte Mrs. Linley mit Lucas sprechen.

»Ich muss sie nur für einen Augenblick sehen«, sagte er von der kleinen Eingangshalle aus. »Alicia war schrecklich aufgedreht und ich konnte sie nicht verlassen.«

Juliana lächelte. Natürlich war es um Alicia gegangen.

»Ich kann nicht erlauben, dass Ihr sie seht«, entgegnete Mrs. Linley fest. »Das bringt Unglück.«

»Wenn meine Braut glaubt, ich würde nicht zu unserer Hochzeit kommen, wird das Unglück bringen.«

Juliana nahm die Furcht in seiner Stimme wahr. »Lucas, ich höre dich. Ich habe mir keine Sorgen gemacht.« Sie trat in die Eingangshalle und Lucas Blick begegnete dem ihren. Die Furchen glätteten sich und ein breites Lächeln erstrahlte auf seinem Gesicht.

»Du siehst wunderschön aus«, flüsterte er.

Mrs. Linley keuchte auf. »Oh, liebe Güte, das ist ein schlechtes Vorzeichen.«

»Das ist es wirklich nicht«, versicherte Juliana ihr. »Es wird kein Unglück bringen. Würden Sie uns nur einen Augenblick allein lassen?«, bat sie die Frau.

Nachdem sie einen Moment gezaudert hatte, nickte Mrs. Linley widerstrebend. »Nur einen Moment.« Mit gerunzelter Stirn verließ sie die Eingangshalle und ließ die beiden allein zurück.

»Bist du furchtbar böse auf mich?«, fragte Lucas.

»Ganz und gar nicht. Ich habe gesagt, dass ich mir keine Sorgen mache, und das habe ich auch so gemeint.«

»Es hat dich bei meinem Hang, dich zu verlassen, überhaupt nicht beunruhigt?«

»Ich würde lügen, wenn ich behaupten wollte, dass ich nicht daran gedacht habe, aber was unsere Liebe füreinander angeht, bin ich außerordentlich zuversichtlich. Du würdest mich nicht ausgerechnet heute im Stich lassen. Ich habe kombiniert, dass es ein Problem mit Alicia geben muss. Ich habe gehört, was du gesagt hast. Geht es ihr gut?«

»Größtenteils. Sie jammert immer noch, aber ich habe sie in die Kirche gebracht, damit sie bei Großmutter sitzt. Sie ist besser als das neue Kindermädchen – Alicia hat sich noch nicht an sie gewöhnt, fürchte ich.« Ihr Plan war gewesen, dass Alicia nicht an der Zeremonie teilnehmen sollte. Sie sollte bei ihrem Kindermädchen bleiben und einen Teil des Hochzeitsfrühstücks miterleben.

»Sie wird also bei der Hochzeitszeremonie dabei sein?«, fragte Juliana.

»Es macht dir nichts aus?«

»Ganz und gar nicht. Ich bin sogar sehr froh darüber«, gab sie zu.

»Auch wenn sie stören wird? Sie könnte weinen. Ich glaube, sie hat eine Magenverstimmung.«

»Dass du über die Beschwerden unserer Tochter im Bilde bist, macht mich sehr glücklich. Ich hätte mir keinen perfekteren Ehemann und Vater vorstellen können.« Juliana schlang die Arme um ihn und drückte ihn fest an sich.

Er hielt sie fest und drückte seine Lippen an ihre Schläfe. »Ich danke dir. Das ist vielleicht das Netteste, was je jemand zu mir gesagt hat.«

Juliana zog sich zurück. »Und nein, es ist mir egal, ob unsere Tochter während der Trauungszeremonie weint. Dir etwa nicht?«

Er schüttelte den Kopf. »Ich interessiere mich nur dafür, dass du mich liebst.«

»Dann ist es ja gut, dass dem so ist. Ich liebe dich von ganzem Herzen.«

Lucas streichelte ihr über die Wange, seine Augen leuchteten vor lauter Liebe. »Ich bin der glücklichste Mann auf Erden.«

»Das wirst du nicht mehr sein, wenn du nicht zur Kirche kommst«, sagte Juliana und blickte hinter sich in Richtung der Stelle, an der Mrs. Linley wahrscheinlich lauerte. »Geh. Wir sehen uns gleich.«

»Das werden wir, meine Liebste. Und dann wirst du für immer mein sein.«

EPILOG

Dreikönigstag 1807

»*M*ama!«

Juliana drehte sich zu ihrer Tochter um, die aufgeregt in die Hände klatschte. »Was ist los, mein Schatz?«

»Schau mal, Christopher!« Sie zeigte auf ihren jüngeren Bruder, der auf sie zu tapste.

Keuchend ließ Juliana das Spielzeug fallen, das sie gerade aufhob. »Lucas, komm her!«

Er war direkt nebenan in seinem Arbeitszimmer und stürmte kaum einen Moment später herein. Sein Blick ruhte auf seinem Sohn, dessen Stirn in tiefen Konzentrationsfalten lag, als er sich auf den Weg zu Juliana machte.

»Er läuft«, hauchte Lucas. Sie hatten sich Sorgen gemacht, als er zum Laufen lernen so viel länger brauchte als Alicia. Sie hatte kurz nach ihrem ersten Lebensjahr angefangen, während Christopher jetzt sechzehn Monate alt war. Er war ein erfahrener Krabbler und benutzte die Möbel, um zu stehen und sich fortzubewegen. Aber heute lief er von allein – und Alicia war die Erste, die das miterlebte.

»Es ist ein Wunder, Papa«, sagte Alicia. Mit ihren vier Jahren war sie altklug und gesprächig. Am liebsten kümmerte sie sich um ihren kleinen Bruder.

»Das ist es tatsächlich, meine Süße.« Lucas begegnete Julianas Blick, und sie wusste, dass er sich auf Christopher selbst bezog, nicht darauf, dass er laufen konnte.

Als Juliana schwanger geworden war, hatte sie es nicht wirklich glauben können. Keiner Menschenseele hatte sie etwas erzählt, bis es für Lucas offensichtlich wurde. Er hatte bemerkt, dass sich ihr Bauch wölbte, und sie war prompt in Tränen ausgebrochen, als sie ihm die Wahrheit eröffnete.

Jetzt hatten sie Christopher, einen Sohn, den sie nie erwartet hatten und den sie abgöttisch liebten.

»So ist es richtig, mein Junge.« Lucas setzte sich auf den Boden und ermutigte Christopher.

Juliana setzte sich neben ihn und widerstand dem Drang, Christopher die Hand zu reichen, als er wackelte. Wenn er fiel, wie schon so oft bei seinen Bemühungen, hatte er es nicht weit. Und er landete immer mit dem Ausruf »O je«, den er sich von Juliana abgehört hatte, auf dem Hinterteil.

Endlich kam Christopher bei ihnen beiden an, und Lucas zog ihn auf seinen Schoß. »Du hast es geschafft!«

Sich windend sagte Christopher: »Los!«

Lucas ließ ihn mit einem Kichern los und stellte ihn auf die Beine. »Ja, geh. Geh jetzt zu deiner Schwester.«

Alicia stand auf der anderen Seite des Raumes. »Komm, Christopher. Ich werde dir einen Keks geben.« Sie blickte zu Juliana. »Er hat doch sicher einen Keks verdient?«

»Ich denke schon«, sagte Juliana.

Sie sahen zu, wie Christopher den Raum wieder durchquerte und dabei ein wenig mehr Selbstvertrauen, wenn auch nicht Schnelligkeit zeigte. Als er Alicia erreichte, legte sie die Arme um ihn und klopfte ihm auf den Rücken. »Gut gemacht, Christopher.«

Er erwiderte ihre Umarmung, und Juliana spürte, wie ihr die Tränen die Kehle zuschnürten. Bedachte man, dass sie vor ein paar Jahren noch nichts von alledem gehabt und auch nicht damit gerechnet hatte, so war Ihr Leben nun auf wunderbare, unvorstellbare Weise ausgefüllt.

Sie drehte ihren Kopf zu ihrem Mann. »Danke«, flüsterte sie.

Sein Blick flackerte alarmiert auf, doch dann lächelte er. Er hob die Hand und streichelte ihre Wange. »Nicht weinen, meine Liebste.«

»Es wären Freudentränen.«

»Dann weine weiter.« Er beugte sich vor und küsste sie auf die Wange. »Ich weiß, was du denkst«, sagte er sanft. »Und das denke ich auch. Dass wir uns vor unserer Hochzeitszeremonie gesehen haben, hat sich als das Gegenteil von Pech herausgestellt.«

»Mein Glück nahm an dem Tag seinen Anfang, als ich während eines Schneesturms in einem Gasthaus festsaß.«

»Und es legte eine Atempause ein, als ich dich dort zurückließ.« Lucas schnitt eine Grimasse. »Ich kann immer noch nicht glauben, dass du dich entschieden hattest, mich wieder in dein Leben zu lassen.«

»Das hattest du dir nach vielen Qualen verdient. Das war sehr vergnüglich, muss ich zugeben.«

Er lachte. »Quälerin.«

»Du hast jeden Moment genossen«, entgegnete Juliana und verdrehte die Augen.

»Das habe ich wirklich.« Seine Augen funkelten vor Leidenschaft. »Versprichst du, mich später zu quälen?«

»Immer.«

Versäumen Sie Die unechte Witwe nicht, das nächste bezaubernde Buch der Chroniken der Eheanbahnung! Finden Sie heraus, was passiert, wenn der Earl of Rotherham zu dem Schluss kommt, dass die Witwe Charlotte Dunthorpe eine perfekte Mutter für seine Töchter sein würde. Aber Charlotte ist nicht die, für die sie sich ausgibt ...

Ich danke Ihnen sehr, dass Sie **Der ausgerissene Viscount** gelesen haben. Ich hoffe, es hat Ihnen gefallen!

Möchten Sie erfahren, wann mein nächstes Buch verfügbar ist? Sie können sich für meinen Deutscher Newsletter anmelden, mir auf Amazon.de folgen und meine Facebook-Seite liken. Alle Newsletter-Abonnenten erhalten exklusive Bonus-Geschichten, die sonst nirgends erhältlich sind, unter anderem auch die einleitende Vorgeschichte zur Buchreihe *Der Phönix Club*.

Rezensionen helfen anderen, Bücher zu finden, die für sie geeignet sind. Ich schätze alle Bewertungen, ob positiv oder negativ. Ich hoffe, dass Sie erwägen werden, eine Bewertung bei Ihrem bevorzugten der Seite Ihres bevorzugten Internet-Netzwerkes abzugeben.

Ich mag meine Leser so sehr. Danke!

Sind Sie an weiterer Regency-Romantik interessiert? Schauen Sie sich meine anderen historischen Serien an:

Die Unberührbaren
Geraten Sie ins Schwärmen über zwölf der begehrtesten und

schwer fassbaren Junggesellen der feinen Gesellschaft und
die Blaustrümpfe, Mauerblümchen und Außenseiterinnen,
die sie in die Knie zwingen!

Die Unberührbaren: Die Prätendenten

In der faszinierenden Welt der Unberührbaren spielend,
handelt die Saga von einem Geschwistertrio, die sich darin
auszeichnen, sich als jemand auszugeben, der sie nicht sind.
Werden ein unerschrockene Bow Street Ermittler, ein
niedergeschmetterter Viscount und eine desillusionierte
Dame der feinen Gesellschaft es schaffen, ihre Geheimnisse
zu lüften?

Der Phönix Club

Die exklusivste Einladung der feinen Gesellschaft ...

Willkommen im Phönix Club, in dem Londons waghalsigste,
anrüchigste und intriganteste Ladys und Gentlemen
Skandale, Erlösung und eine zweite Chance finden.

Ruchlose Geheimnisse und Skandale

Sechs unglaubliche Geschichten, die sich in den glamourösen
Ballsälen Londons und den herrlichen Landschaften
Englands abspielen. Das erste Buch, **Ihr ruchloses
Temperament** erscheint in Kürze!

Die Liebe ist überall

Herzerwärmende Nacherzählungen klassischer
Weihnachtsgeschichten im Regency-Stil, die in einem
gemütlichen Dorf spielen und von drei Geschwistern und
dem besten Geschenk von allen handeln: der Liebe.

Der Club der verruchten Herzöge

Sechs Bücher, geschrieben von meiner besten Freundin, der

New York Times Bestseller-Autorin Erica Ridley, und mir. Lernen Sie die unvergesslichen Männer von Londons berüchtigtster Taverne, dem Verruchten Herzog, kennen. Verführerisch attraktiv, mit Charme und Witz im Überfluss, wird eine Nacht mit diesen Wüstlingen und Filous nie genug sein ...

Lords und die Liebe

Für alle, die nach einem Ehemann oder einer Ehefrau Ausschau halten, gibt es keine bessere Zeit und keinen besseren Ort, als das jährliche Maifest im englischen Marrywell, um die wahre Liebe zu finden. Prinzen und arme Leute verlieben sich gleichermaßen, und manchmal auch in die Person, bei der sie dies am wenigsten erwarten ...

BÜCHER VON DARCY BURKE

Historische Romantik

Der Phönix Club
Ungehörig: Das Mündel des Earls
Leidenschaftlich: Eine zweite Chance für das Eheglück
Intolerabel: Die Schwester des besten Freundes
Unschicklich: Eine Vernunftehe
Unmöglich: Eine Schöne und ein Scheusal im Liebesglück
Unwiderstehlich: Eine Scheinehe mit dem Spion
Untadelig: Eine geheime, verbotene Affäre
Unersättlich: Der geläuterte Lebemann und die unwillige
Debütantin

Chroniken der Ehestiftung
Der verstockte Herzog
Ein Earl als Junggeselle
Der ausgerissene Viscount
Die unechte Witwe

Die Unberührbaren
Ein Earl als Junggeselle (prequel)
Der verbotene Herzog
Der wagemutige Herzog
Der Herzog der Täuschung
Der Herzog der Begierde
Der trotzige Herzog

Darcy Burke ist die USA Today Bestsellerautorin für sexy, emotionale, historische und zeitgenössische Romantik. Darcy schrieb ihr erstes Buch im Alter von 11 Jahren – mit einem Happy End – über einen männlichen Schwan, der von der Magie abhängig war, und einen weiblichen Schwan, der ihn liebte, mit nicht sehr gelungenen Illustrationen. Schließen Sie sich ihr an newsletter!

Darcy, die in Oregon an der Westküste der Vereinigten Staaten geboren wurde, lebt am Rande des Wine Country mit ihrem auf der Gitarre spielenden Ehemann und ihren beiden ausgelassenen Kindern, die das Schreiben geerbt zu haben scheinen. Sie sind eine nach Katzen verrückte Familie mit zwei bengalischen Katzen, einer kleinen, familienfreund- lichen Katze, die nach einer Frucht benannt ist, und einer älteren, geretteten Maine Coon, die der Meister der Kühle

und der fünf-Uhr-morgens-Serenade ist. In ihrer ›Freizeit‹
ist Darcy eine regelmäßige ehrenamtliche Mitarbeiterin, die
in einem 12-stufigen Programm eingeschrieben ist, in dem
man lernt, ›Nein‹ zu sagen, aber sie muss immer wieder von
vorne anfangen. Ihre Lieblingsplätze sind Disneyland und
das Labor Day Wochenende in The Gorge. Besuchen Sie
Darcy online unter https://www.darcyburke.de.

facebook.com/darcyburkefans
twitter.com/darcyburke
instagram.com/darcyburkeauthor
pinterest.com/darcyburkewrites
goodreads.com/darcyburke